D1196418

LUEURS
DANS LA NUIT

LUEURS
DANS LA NUIT

MICHEL LEBOEUF

F
A
PB
Leboe

ÉDITIONS
MICHEL
QUINTIN

Catalogage avant publication de Bibliothèque et Archives Canada

Leboeuf, Michel, 1962-

    Lueurs dans la nuit

    (Haute fréquence)
    Pour les jeunes de 8 ans et plus.

    ISBN 2-89435-304-9

    I. Titre. II. Collection.

PS8573.E335L83 2006   jC843'.6   C2005-941948-2
PS9573.E335L83 2006

Révision linguistique : Rachel Fontaine

La publication de cet ouvrage a été réalisée grâce au soutien financier du Conseil des Arts du Canada et de la SODEC.

De plus, les Éditions Michel Quintin bénéficient de l'aide financière du gouvernement du Canada par l'entremise du Programme d'aide au développement de l'industrie de l'édition (PADIÉ) pour leurs activités d'édition.

Gouvernement du Québec – Programme de crédit d'impôt pour l'édition de livres – Gestion SODEC

ISBN 2-89435-304-9

Dépôt légal - Bibliothèque nationale du Québec, 2006
Dépôt légal - Bibliothèque nationale du Canada, 2006

Éditions Michel Quintin
C.P. 340, Waterloo (Québec)
Canada J0E 2N0
Tél.: (450) 539-3774
Téléc.: (450) 539-4905

www.editionsmichelquintin.ca

06GA1
Imprimé au Canada

LE RETOUR DE TOUTOU

Cet après-midi-là, alors que je tentais – pour la nième fois – de terminer la rédaction du dernier chapitre de mon histoire, Amélie entra dans la pièce.

— Papa! Papa! Toutou de retour! Toutou de retour!

Ma fille de quatre ans est prodigieusement créative dans l'invention d'événements imaginaires m'obligeant à interrompre mon travail. Et si cela m'exaspère parfois – et même souvent –, il me faut admettre que j'en ressens aussi une certaine fierté dans la mesure où sa vive imagination, cette disposition à constamment inventer de nouvelles excuses pour me déranger, ne peut venir que de moi, son romancier de père.

— Toutou de retour!

— Hum… dis-je en feignant une concentration extrême.

La plupart du temps, cela fonctionnait. Amélie restait là, immobile, attendant une réaction de ma part puis, voyant qu'elle n'avait aucune chance de détourner mon regard de l'écran cathodique, elle quittait mon bureau la mine déconfite.

Quelques instants plus tard, elle réapparaissait toutefois avec une nouvelle histoire plus extravagante que la précédente, un dessin à commenter ou une question urgente à poser. Le jeu durait parfois des heures, et ce, jusqu'à ce que j'abdique enfin et que je consente à lui consacrer un peu de temps.

D'ordinaire, je supportais assez bien ce manège et j'acceptais de bonne grâce de reporter à plus tard mon travail. Mais, depuis quelque temps, j'avais perdu toute patience et devenais de plus en plus irritable au fur et à mesure que les semaines passaient. Il faut me comprendre.

J'en étais au dernier chapitre du roman, une histoire policière qui traînait depuis trop longtemps et que je désirais terminer une fois pour toutes. Le dernier chapitre était particulièrement délicat à rédiger : comme tout bon polar, la chute de l'histoire devait dénouer toutes les intrigues, éclairer les motivations les plus sombres des personnages, surprendre le lecteur.

Mais j'avais beau m'installer tous les jours devant l'ordinateur, j'avais beau travailler, retravailler la finale, rien n'y faisait. Je n'arrivais pas à conclure l'histoire de façon satisfaisante. Dans les toutes dernières pages, le policier chargé de l'enquête se retrouvait face à un personnage complexe : le meurtrier obscur qui se cachait derrière toute la trame de l'histoire. Mais le personnage était encore flou, ambigu. Et je n'arrivais pas à mettre le doigt sur ce qui lui manquait. Peut-être la…

— C'est vrai, papa! C'est vrai! Toutou de retour!

Amélie était encore plus entêtée que les autres jours.

— Laisse-moi travailler un peu, tu veux, répondis-je, le nez toujours rivé à l'écran. Et tout à l'heure je jouerai avec toi, d'accord?

Déterminée à ne pas quitter la pièce sans une attention plus substantielle de ma part, Amélie continuait de me harceler.

— Toutou de retour!

— Voyons, fis-je, sans doute un peu trop sèchement en me retournant vers elle, tu sais très bien que c'est impossible.

Amélie ne broncha pas, mais sa lèvre inférieure se mit à trembler.

— C'est vrai… suppliait-elle.

Elle me considéra d'un air grave puis, contrariée, se détourna vivement et sortit sans rien ajouter en faisant résonner chacun de ses pas d'un coup de talon formidable sur le plancher de bois franc. Elle irait bouder quelque part dans la maison, mais reviendrait sans doute dans quelques minutes avec un autre prétexte inédit.

Aujourd'hui, en matière de créativité, Amélie se dépassait. Mais où allait-elle chercher tout ça?

J'étendis mes jambes sous la table et fis un effort pour me concentrer. À la toute fin de l'histoire, le policier chargé de l'enquête affrontait ce meurtrier mystérieux. Très bien. Alors? C'était un personnage encore trop indistinct. Son motif pour tuer était trop vague, trop imprécis. Bon et puis quoi? Ensuite?

* * *

Un peu plus tard, le chat vint à son tour me visiter. Mais avec lui, c'était toujours très court. Un petit saut sur les genoux, une petite caresse, et hop! le voilà reparti.

J'admire des chats leur totale émancipation. Au contraire du chien – ce désespéré en mal d'affection, suppliant, quémandant, implorant de l'attention –, le chat peut très bien s'accommoder d'une vie en solitaire. Le chat est effacé, silencieux : le compagnon idéal de tout écrivain.

Le chien est peut-être le meilleur ami de l'homme, mais pas celui du romancier.

J'en avais déjà fait l'expérience : impossible d'écrire avec un chien près de soi. Un chien qui relève un sourcil dès qu'on toussote, qui lève la tête au premier mouvement, dont le regard se pose toujours sur vous, stupidement, tout le temps…

J'avais déjà donné avec les chiens. On ne m'y reprendrait plus.

Le chat se faufila en silence hors de mon bureau et j'essayai de me remettre au travail, encore une fois.

Toutou de retour? Mais où Amélie allait-elle chercher tout ça?

* * *

Tous les jours, j'arrêtais d'écrire vers dix-sept heures pour m'occuper d'Amélie et préparer le souper. Julie ne rentrait jamais du travail avant dix-huit heures trente, j'avais donc suffisamment de temps devant moi pour jouer un peu avec la petite et cuisiner quelque chose sans me presser. Chaque fois, avant de quitter la pièce, je faisais machinalement le bilan de la journée. Comme tout le monde, j'ai mes bons et mauvais jours. Mais ces derniers temps, il n'y avait que des mauvais jours. Une, deux pages tout au plus, qu'il me fallait souvent reprendre le lendemain parce qu'elles ne passaient pas le test de la relecture. Alors, soit j'étais devenu trop exigeant envers moi-même, soit j'avais perdu le feu sacré.

Et ce jour-là avait été encore pire que les autres. Une maigre page. Des dialogues fades, assommants, inutiles. De la copie facile, à la portée de n'importe qui. Je n'avais pourtant pas éprouvé de difficulté à finir mes deux premiers romans.

Pourquoi avais-je tant de mal à terminer celui-ci? Encore ce personnage flou, débarqué de nulle part, qui intervenait à la toute fin?

Le policier chargé de l'enquête marche seul dans la pénombre, au sous-sol d'un bâtiment abandonné, quelque part dans l'est de la ville. Il a peur. Son cœur bat à tout rompre. Il sait que le meurtrier se trouve là; tous les indices concordent, le conduisent jusqu'ici. Soudain, au détour d'un long corridor, le policier se retrouve face au meurtrier menaçant qui…

Bon et ensuite? Il fallait lui donner plus de substance, plus de corps. Il fallait surtout que je me ressaisisse et que je termine cette histoire. J'étais prêt à tout pour ça.

Je montai à l'étage retrouver Amélie. Elle s'était endormie en chien de fusil, en travers du lit, les lèvres gonflées de chagrin. J'entrepris de la réveiller tout doucement en lui caressant le dos.

— C'est vrai, Papa… C'est vrai… Toutou de retour… recommença-t-elle à peine les yeux rouverts.

C'était bien la première fois qu'elle étirait une histoire de la sorte.

— Voyons, Amélie, Papa te l'a déjà expliqué. Toutou est parti. Pour toujours. Il ne reviendra pas.

Toutou, le chien qui avait brièvement partagé notre vie de famille, était disparu. Depuis une semaine. Nous ne l'avions eu avec nous qu'un peu plus de trois mois, mais la petite s'y était beaucoup attachée. Moi pas.

— Papa… Toutou en bas… Toutou veut rentrer…

Il fallait sans doute jouer le jeu jusqu'au bout pour qu'elle puisse enfin passer à autre chose.

— Eh bien, allons voir ça…

Je me levai, lui pris la main et nous descendîmes au rez-de-chaussée.

— Où as-tu vu Toutou? lui demandai-je ensuite.

— Dehors… À la porte… Toutou veut rentrer…

Par la manche, elle me tira jusqu'à la porte qui donnait sur la cour arrière. Nous nous arrêtâmes juste devant. Par-delà la porte moustiquaire, papillons et oiseaux voltigeaient dans les broussailles. Mais aucun chien sur le pas de la porte, là où Toutou avait l'habitude de s'asseoir et d'attendre qu'on lui ouvre.

J'ouvris lentement la porte. Nous fîmes ensemble quelques pas dans la cour. Personne. Pas un chien.

— Tu vois? Toutou n'est pas là, fis-je doucement.

— Il était là… Il était là… continuait Amélie en pointant le vide et la cour ombragée.

— C'était peut-être un autre chien qui ressemblait à Toutou, proposai-je en l'observant du coin de l'œil.

— Il était là… Il était là… répéta-t-elle en se mettant à pleurer.

Cette fois, Amélie ne jouait pas la petite comédie de l'histoire inventée, elle y allait de la grande performance : faire réapparaître Toutou et se jeter dans des abîmes de tristesse pour nous faire acheter un autre chien. Manœuvre habile, mais sans aucune chance de succès. Un autre chien? Jamais plus. Je n'allais pas répéter la même erreur.

* * *

J'étais dans la cuisine en train de laver de la laitue lorsque Julie rentra du travail. J'entendis la porte automatique du garage s'ouvrir, puis le moteur de la voiture s'arrêter. Une minute plus tard, Julie entrait dans la pièce.

— Bonne journée? demanda-t-elle.

— Ordinaire…

— Tu sais quoi? fit Julie en s'approchant de moi tout en pigeant dans le bol un morceau de laitue qu'elle porta à sa bouche. C'est bizarre…

Elle s'arrêta pour mâchouiller.

— Qu'est-ce qui est bizarre? fis-je.

— En arrivant, j'ai failli écraser un chien au coin de la rue, un chien qui ressemblait comme deux gouttes d'eau à Toutou.

— Le golden retriever, fis-je, c'est un chien très populaire.

— Je sais, mais il était de la même taille, de la même couleur. Il avait la même allure. On aurait dit Toutou.

Je déposai le couteau.

— Toutou est mort, repris-je. Depuis une semaine.

— Je sais, mais c'est quand même étonnant, non?

Qu'est-ce qu'elles avaient, toutes les deux, à voir Toutou partout? Toutou était parti. Pour de bon. Il n'y avait aucun doute là-dessus.

* * *

Vers vingt-trois heures trente ce même soir, alors qu'Amélie et Julie dormaient, je descendis me rasseoir devant l'ordinateur. À cette heure-là, quand tout était tranquille dans la maison, j'arrivais parfois à écrire quelques bons paragraphes.

J'ouvris le fichier contenant le dernier chapitre et lus les dernières pages du manuscrit.

L'arme au poing, le policier chargé de l'enquête marche seul dans la pénombre, au sous-sol d'un bâtiment industriel désert, abandonné, quelque part dans l'est de la ville. Il a peur. Son cœur bat à tout rompre. Il sait que le meurtrier se trouve là; tous les indices concordent, le conduisent jusqu'ici. Soudain, au détour d'un long corridor, le policier se retrouve face au meurtrier...

Je relus la dernière page. Puis la relus de nouveau. Rien à faire. Le personnage du meurtrier refusait de se préciser.

Je me levai et me dirigeai vers la cuisine pour prendre un verre d'eau. En passant devant la porte moustiquaire, je jetai un coup d'œil dans la cour, par habitude, machinalement. C'est à ce moment-là que je le vis.

C'était bien lui.

Toutou.

Le sourcil relevé, la langue pendante, l'air idiot, attendant, l'air de rien, sur le pas de la porte qu'on lui ouvre.

C'était impossible : Toutou ne pouvait tout simplement pas être de retour.

La dernière fois que je l'avais vu, il était à plus de cent cinquante kilomètres de la maison…

C'était un autre chien, un autre chien qui lui ressemblait beaucoup, voilà tout.

Et pourtant...

Je reculai instinctivement jusqu'à ce que mon dos touche le mur, m'y appuyai puis longeai ensuite le corridor pour me retrouver dans mon bureau, dont je fermai la porte. J'allai ensuite à la fenêtre. Debout, face à la nuit noire, je ne voyais rien. Seulement mon propre reflet dans la fenêtre, un reflet bleuté, transparent, livide comme un spectre.

Toutou revenu? C'était invraisemblable.

C'était un autre chien. D'ailleurs, il y avait une façon de s'en assurer : Toutou avait une cicatrice sur le cuir du museau, une cicatrice laissée par un affrontement récent avec le chat.

Je franchis la porte et me fis un devoir de retraverser tout le couloir jusqu'à la porte moustiquaire. Toutou n'avait pas bougé d'un poil. Il était toujours là, me regardant de son air niais.

Je m'approchai, puis m'arrêtai dès que je fus suffisamment près pour examiner son museau. Et je vis tout de suite la cicatrice rose, bien visible.

Alors c'était bien lui. Amélie avait vu juste, et Julie aussi.

Un long frisson parcourut ma nuque jusqu'au bas de mon dos.

Comment avait-il pu retrouver son chemin jusqu'ici?

Une semaine auparavant, en pleine nuit, j'avais donné à Toutou une boulette de viande contenant un puissant somnifère, puis avais attendu qu'il s'endorme. J'avais ensuite mis le chien dans la voiture et pris la route. Après avoir quitté la ville, j'avais roulé presque deux heures en pleine campagne puis, repérant un bois isolé, déposé Toutou encore endormi, à l'orée de la forêt.

Le lendemain, je racontai une tout autre histoire à Amélie et Julie : j'avais découvert le corps inanimé du chien sur le plancher de la cuisine et réussi à joindre un vétérinaire en urgence chez qui je m'étais rendu. Malgré tous ses soins, Toutou avait rendu l'âme quelques instants plus tard. Le verdict du vétérinaire? Probablement une malformation du muscle cardiaque. Rien n'aurait pu le sauver.

Pourquoi m'être débarrassé du chien?

Parce que j'en étais fatigué. Fatigué de toujours l'avoir dans mes jambes. Fatigué de l'avoir collé à mes semelles, couché à mes pieds, dans le bureau, me fixant de son regard larmoyant, en quête d'affection, en quête d'attention. Fatigué de ne plus pouvoir me concentrer, de ne plus pouvoir rien écrire, d'être incapable de terminer mon histoire.

Je voulais finir mon histoire. Plus que tout. Une bonne fois pour toutes.

Et c'était impossible d'écrire avec ce chien-là près de moi.

Voilà tout.

* * *

Combien de temps suis-je resté comme ça devant lui, figé, à le regarder me regarder? Difficile à dire. Mais alors que je tentais de comprendre comment Toutou avait réussi à retrouver sa route jusqu'à la maison, il se détourna et bondit soudainement hors de mon champ de vision. Je m'approchai et regardai à travers la porte moustiquaire.

Toutou se dirigea vers le coin de la rue et s'y arrêta. Puis il s'assit et se retourna pour s'assurer que je le voyais toujours. Où allait-il? Je sortis et avançai dans sa direction.

— Toutou… chuchotai-je, Toutou, reviens ici…

Il se leva et partit de nouveau comme une flèche en plein milieu de la rue. Je courus à sa suite. Il parvint au grand boulevard qui bordait le quartier et continua de plus belle vers l'est.

— Toutou! criai-je. Toutou! Attends! Attends-moi!

J'avais peine à le suivre. J'étais en nage, mes poumons brûlaient. Et chaque fois que je m'arrêtais pour reprendre mon souffle, Toutou, me voyant arrêté, s'assoyait pour m'attendre. Puis il repartait un bref instant plus tard, courant toujours, infatigable, m'entraînant vers l'est, vers les quartiers industriels.

Nous parvînmes bientôt devant une longue bâtisse à un seul étage, en briques rouges, dont la plupart des fenêtres étaient cassées. Toutou longea le bâtiment sur toute sa longueur, puis s'y engouffra par la porte entrouverte d'un débarcadère.

Nous nous retrouvâmes alors dans un immense entrepôt désaffecté qui sentait l'huile, l'eau croupie et la poussière. Dans la pénombre, j'avais peine à suivre le chien et je m'égarai dans le dédale de hautes étagères vides. Mais Toutou jappa deux fois et me permit ainsi de le rejoindre tout au fond de l'entrepôt, là où un escalier descendait au sous-sol.

J'éprouvais dans ce décor un malaise grandissant, un sentiment de déjà vu. Toutou se mit à dévaler l'escalier à toute vitesse. Je le suivis et me retrouvai au pied d'un escalier qui donnait sur un long couloir sombre.

Toutou courut jusqu'au bout du couloir. Puis, au moment où il disparaissait dans le tournant, une silhouette familière apparut tout au fond.

Je compris alors que j'étais dans le couloir de ma propre histoire, le couloir que j'avais moi-même inventé.

L'arme au poing, le policier marche seul dans la pénombre, au sous-sol d'un bâtiment industriel désert, abandonné, de l'est de la ville.

Cette silhouette, c'était le policier chargé de l'enquête. Mon policier. Le policier que j'avais inventé. Le policier qui marchait dans ma direction.

Il a peur. Son cœur bat à tout rompre. Il sait que le meurtrier se trouve là; tous les indices concordent, le conduisent jusqu'ici. Au détour d'un long corridor, le policier se retrouve face au meurtrier.

Le meurtrier.

J'étais le meurtrier.

Un personnage ambigu, menaçant, qui…

Je m'entendis prononcer, en courant vers lui : « Ne tirez pas! Ne tirez pas! »

Mais il était trop tard. Le policier avait déjà tiré. Je sentis la brûlure intense de la balle dans ma poitrine et m'effondrai. Je vis alors du sang, mon propre sang, s'épandre sur le sol. Puis je fermai les yeux.

Gentil Toutou. Il était revenu pour m'aider à mieux définir mon personnage. J'avais enfin réussi à donner plus de corps, plus de substance, à ce meurtrier ambigu qui débarquait de nulle part.

J'avais enfin réussi à finir mon histoire.

COUGUAR À VOUS

Quelque part dans les monts Sutton
(Estrie),
Novembre 1178

C'est après avoir contourné l'énorme rocher qui reposait à mi-pente, sous la haute voûte des érables et des hêtres, que les trois Abénaquis aperçurent, quelques dizaines de mètres devant eux, le lion des montagnes.

Pistant un cerf depuis des heures, face au vent, dans la neige fraîchement tombée, le lion n'avait pas senti, ni entendu venir derrière lui, les Abénaquis qui convoitaient la même proie que lui.

Alors que l'un d'eux bandait son arc et décochait une première flèche, le couguar se retourna vivement. Il sentit aussitôt une douleur fulgurante au flanc. Il tenta de s'enfuir mais une deuxième, puis une troisième flèche l'atteignirent à la poitrine, puis à la base du cou. Il s'écroula lourdement.

Les Amérindiens s'approchèrent du lion des montagnes alors qu'une vacillante lueur s'éteignait dans son œil.

* * *

Mont-Albert (Gaspésie),
27 octobre 2004,
10 h 10

Les premiers flocons tombaient, lourds, mouillés, sur les branches des sapins lorsque Richard Perreault atteignit le petit relais en bois rond se trouvant à mi-chemin sur le sentier menant au sommet du mont Albert.

Il donna un petit coup de hanche sur la porte tandis qu'il tournait la poignée.

Richard Perreault savait bien que, par temps très humide, il était plus facile d'y pénétrer avec une petite pression appliquée sur le cadre de la porte gonflée par l'humidité.

Il entra se réchauffer un peu. Il avait tout son temps. C'était sa dernière journée de travail avant la retraite. Trente ans. Trente ans qu'il travaillait au Parc. Il jeta un coup d'œil dans le refuge pour s'assurer que tout y était en ordre, puis regarda par la fenêtre.

La neige tombait de plus en plus serrée. On le lui avait bien dit avant qu'il ne parte ce matin : probabilités de précipitation de 80 %. Mais il avait toute la journée devant lui. Et ces quelques flocons n'allaient pas lui gâcher le plaisir de gravir le mont Albert une dernière fois.

Il avait toujours aimé ce sentier-là, surtout en octobre, une fois les randonneurs partis. Il avait alors la sensation d'avoir la montagne à lui tout seul. Et il fallait bien réparer la fenêtre brisée au refuge du sommet avant que l'hiver ne s'installe pour de bon et que l'accès à la montagne soit impossible.

Bien sûr l'ascension était longue – le refuge du sommet était perché à mille quatre-vingt-trois mètres – et il n'était plus aussi agile qu'avant. Il lui fallait s'arrêter à intervalles réguliers pour se reposer; il n'avait plus l'âge de monter les six kilomètres menant au sommet, comme ça, d'un seul souffle. Cela lui prenait plus de temps, voilà tout.

Richard Perreault sortit du refuge, referma avec soin la porte derrière lui et reprit son ascension. Il connaissait le sentier par cœur : chaque racine, chaque pierre, chaque tournant, chaque repère d'écureuil roux; toutes les souches où, au printemps, la gélinotte mâle s'installait pour tambouriner et attirer les femelles.

Octobre marquait le retour du grand silence dans la forêt. Les oiseaux migrateurs étaient repartis vers le sud; ceux qui passaient l'hiver ici se faisaient discrets. La neige qui tombait, molle et dense, rendait ce silence encore plus enveloppant. De temps à autre, on entendait des craquements de branches. Sans doute quelque mammifère curieux qui l'observait à distance.

* * *

Quelque part en Beauce,
Septembre 1797

Alors qu'au petit jour, Gonzague Saint-Louis s'affairait à arracher la souche d'un gros chêne fraîchement abattu, il discerna du mouvement à la limite de la forêt qui bordait son champ. Puis une grosse bête surgit à découvert. Un lion des montagnes! Aussitôt, il songea aux enfants qui, par cette belle matinée lumineuse de septembre, n'allaient pas tarder à sortir de la maison pour jouer aux alentours. Il prit son fusil – qui n'était jamais bien loin –, tira prestement et abattit l'animal du premier coup.

Le levant zébra d'orangé l'œil dépoli du grand fauve.

* * *

Richard Perreault progressait lentement. Un mélange de boue et de neige rendait le sentier glissant et laborieux. S'appuyant sur un tronc, il s'arrêta pour souffler un peu. Le front en sueur sous son bonnet, il sentait son cœur battre dans ses tempes. Puis une douleur sourde, inquiétante, naquit dans sa poitrine.

La neige tombait de plus en plus drue.

Il entendit un grand CRAC. Une grosse bête, assurément. Puis il entrevit devant lui, un peu à gauche du sentier, dans un entrelacs de branches enneigées, un long flanc gris fauve, musclé, se mouvoir.

Cela ne dura qu'un instant. Mais d'expérience, du fait de toutes ces longues années passées dans la forêt, Richard Perreault savait que ce qu'il venait de voir était extraordinaire, exceptionnel. Et il n'avait aucun doute sur l'identité de l'animal.

Un couguar.

Apparemment disparu depuis belle lurette de l'est de l'Amérique du Nord, on suspectait toutefois que quelques individus isolés puissent s'être maintenus en vie dans les territoires de l'arrière-pays, notamment dans les contreforts des Appalaches. Dernièrement, la présence de deux individus avait été rapportée au Saguenay-Lac-Saint-Jean et dans les Hautes-Laurentides au nord de Québec. Mais personne n'avait pu confirmer que des couguars se trouvaient encore au sud du Saint-Laurent. Jusqu'à aujourd'hui.

La douleur dans sa poitrine disparut alors qu'il se mettait à courir en direction de l'endroit où le craquement s'était fait entendre. Mais il glissa et s'étala de tout son long. Il se releva péniblement, le manteau dégoulinant de boue neigeuse.

Pas de précipitation. C'était impossible de rattraper la bête sur ce terrain-là. Tout ce qu'il pouvait faire, c'était de suivre la piste pour tenter de l'apercevoir de nouveau.

Resserrant machinalement les sangles de son sac à dos, il se remit en marche, en alerte, son pouls battant la chamade.

Le sentier devenait de plus en plus difficile. La neige s'accumulait dans les crevasses et dissimulait pierres et racines.

Il tomba encore une fois. Se releva mouillé des pieds à la tête.

Au moment où il se mit à envisager sérieusement de rebrousser chemin – sans raquettes, le sentier allait bientôt devenir impraticable –, il entendit un autre craquement devant lui. Puis il vit la longue queue de l'animal disparaître derrière un tronc, toujours à gauche de la piste. Le couguar remontait le sentier. Richard Perreault se remit en route.

La douleur dans sa poitrine réapparut alors qu'il débouchait à découvert, dans le tronçon du sentier où la forêt s'estompait pour laisser progressivement la place à la végétation alpine. Le vent se mit à souffler fort. La neige tombait en furie, à l'oblique. Il n'y voyait plus grand-chose.

Il s'arrêta encore une fois, mais constata bien vite que transi comme il l'était, il fallait absolument continuer. Tout ce qu'il lui restait à faire maintenant, c'était gagner le refuge du sommet le plus vite possible pour allumer un feu et sécher ses vêtements.

La douleur se fit de plus en plus insistante. Il progressait péniblement, tête baissée, gardant les yeux sur ce qu'il croyait être la piste.

Un long moment passa. S'il était toujours sur le sentier, il ne devait plus être loin du refuge à présent.

Puis il vit une grosse trace de patte dans la neige. Une trace bien nette. Celle du couguar. La bête venait tout juste de croiser le sentier à cet endroit.

Sa tête se mit à tourner. Il lui fallait atteindre le refuge au plus vite. Faire un feu. Se réchauffer. Remettre à plus tard la chasse au couguar. Bon sang, ce qu'il avait froid!

Il marcha encore quelques mètres et vit avec un immense soulagement le profil du refuge se découper dans ce ciel de tempête. Il trébucha dans l'escalier, prit au passage quelques rondins et bûches sur la galerie, puis s'engouffra à l'intérieur. Vite, allumer un feu.

Il avait si froid, et la douleur dans sa poitrine était si intense, qu'il n'arrivait plus à coordonner ses mouvements. Il ouvrit avec difficulté la porte du petit poêle, frissonnant de partout, et réussit à y déposer les rondins et un peu d'écorce de bouleau blanc arrachée aux bûches. Chaque geste lui demandait un effort colossal. Vite, vite, allumer un feu.

Il fouilla dans la poche de son manteau, et parvint avec une lenteur extrême à extraire des allumettes. Ce qu'il avait froid!

Une fois, deux fois, trois fois, il tenta de gratter une allumette. Mais ses doigts ne lui obéissaient plus. Il tremblait trop. C'était impossible. Il s'assit par terre, devant la porte du poêle, et se recroquevilla sur lui-même.

Dernière journée avant la retraite. Dernière journée.

Il avait si mal. Cette douleur si brûlante. Ce froid si mordant.

Dehors, à quelques mètres de là, la trace de patte commençait déjà à disparaître sous le vent.

* * *

Quelque part à la frontière entre
le Québec et le Maine,
Août 1938

En s'approchant de son dernier piège, au détour du sentier qui longeait le petit ruisseau, Adélard Beauchemin fut heureux de constater qu'il ne rentrerait pas bredouille au campement ce soir-là. Une grosse bête s'était prise au piège. Dans la pénombre du sous-bois, le trappeur crut d'abord avoir affaire à un jeune ours. Mais une fois tout près, il constata avec stupeur que le gros animal qui gisait inerte était un lion des montagnes.

Puis la stupeur fit place à l'amertume. Le trappeur venait de prendre un des derniers couguars de l'Est.

Et si Adélard Beauchemin gagnait sa vie de la trappe, il n'en éprouvait pas moins un grand respect pour les animaux de la forêt. Il n'y en avait plus guère de ces grands animaux-là par ici; le couguar était méconnu, mal aimé, pourchassé par les trappeurs, persécuté par les éleveurs de bétail.

S'approchant du corps, il constata que la bête immobile était encore en vie; une faible lueur allumait encore son œil.

Adélard Beauchemin crut discerner une grande rancœur dans le regard du fauve qui l'observait avec attention. Puis son œil sautilla. Une dernière fois.

* * *

Mont-Albert (Gaspésie),
27 octobre 2004,
12 h 16

Par la fenêtre brisée, la neige s'engouffrait avec fureur dans le refuge.

Dernière journée avant la retraite. Dernière journée…

Le couguar s'était joué de lui. Le couguar l'avait attiré au sommet de la montagne.

Richard Perreault sentit venir un grand engourdissement. La douleur diminua, le froid aussi. Plus tard, plus tard allumer un feu. Maintenant dormir, dormir un peu, se reposer un instant. Il ferma les yeux.

Un couguar. Avait-il vraiment vu un couguar? En avait-il rêvé?

Il n'arrivait plus à penser correctement. Mais il n'avait plus mal. Plus mal du tout. C'était déjà ça.

Dormir, dormir, se reposer un peu.

Dehors, à quelques mètres de là, la trace de patte s'effaça pour de bon.

LUEURS DANS LA NUIT

*Extraits du rapport préliminaire
de l'inspecteur Lavoie,
Service des enquêtes spéciales*

(…) Le 12 octobre, l'inspecteur Dufresne et moi-même sommes enfin parvenus à localiser le suspect principal et avons été en mesure d'organiser sa filature. L'opération nous a conduits à ce qui semblait être son domicile : un petit cottage dans un quartier résidentiel tranquille de la banlieue nord.

Une surveillance serrée a été mise en place, le soir du même jour, de manière à pouvoir appréhender l'homme dès que possible, c'est-à-dire dès que nous aurons rassemblé suffisamment d'éléments de preuve relativement à l'affaire le concernant. Il nous faudra aussi être en mesure de savoir si l'individu agit seul; le recours à un complice n'étant, pour l'instant, pas exclu. (…)

* * *

Extraits du journal de Claude Després,
15 octobre, 9 h 11

La nuit dernière, j'ai très mal dormi. Je me suis mis à m'inquiéter pour mon bébé, alors je me suis levé pour aller le voir. Il devait être deux heures, deux heures trente. C'est en retournant dans ma chambre que par réflexe, jetant un coup d'œil par la fenêtre, j'ai vu une chose étrange : chez mes voisins, de faibles lueurs verdâtres, voilées, s'agitaient dans la salle de séjour.

Les deux hommes qui viennent tout juste de louer la maison – un petit cottage anglais, blanc et noir, assez semblable au mien (mais en plus mauvais état du fait que la maison est restée inhabitée durant de longs mois) – sont taciturnes. Le jour où ils ont emménagé (ils n'avaient pas grand-chose; quelques meubles et une dizaine de grosses boîtes de carton), je leur ai envoyé la main. Ils m'ont regardé, indifférents, ont détourné les yeux et sont entrés chez eux.

* * *

16 octobre, 7 h 03

Encore une nuit difficile. Mon bébé m'a tenu occupé jusqu'au petit matin. Il faut dire aussi que je n'ai pas arrêté de regarder par la fenêtre pour observer ces drôles de lueurs chez mes voisins. Les petites lumières fluorescentes dansaient comme des lucioles dans la salle de séjour. Que font-ils? Que fabriquent-il? Ma main tremble de fatigue en écrivant ces lignes. Je vais aller me recoucher quelques heures.

* * *

Je n'arrive plus à dormir : j'épie mes voisins. Les lueurs étaient toujours au rendez-vous hier dans la nuit, mais cette fois, elles dansaient à l'extérieur, sur le gazon, devant la maison. Des dizaines de minuscules lumières illuminaient le parterre. Qu'est-ce que ce ballet mystérieux? Des mouches à feu? Impossible, on ne voit jamais ces bestioles-là en octobre. Et puis les mouches à feu volent; elles ne rampent pas par terre. Et que font mes voisins? Ils se font bien discrets : je ne les ai pas revus depuis le jour où ils ont emménagé. Mais j'ai parfois l'impression qu'ils me surveillent durant la journée. Il m'est arrivé ces derniers jours d'apercevoir un reflet furtif – celui d'une paire de jumelles? – aux fenêtres de leur maison.

* * *

18 octobre, 5 h 47

Hier, les lueurs vertes se sont rapprochées de chez moi. Elles sont même venues jusqu'au pas de ma porte. Et, curieusement, plus elles se rapprochaient, plus elles devenaient vives, plus elles brillaient dans la nuit.

De si près, j'ai enfin pu constater de quoi il s'agissait. J'y ai regardé à deux fois pour être certain de ce que je voyais. C'étaient bien de petits animaux. Des coléoptères… Des coléoptères fluorescents!

Me voilà de plus en plus inquiet pour mon bébé.

* * *

19 octobre, 6 h 22

Vers minuit trente la nuit dernière, ces maudits insectes ont réussi – je ne sais trop comment – à entrer dans la maison. Ils se sont vite répandus un peu partout. Je les ai tous tués, dont celui qui se dirigeait, en luisant de plus en plus intensément, vers la pièce où repose bébé.

Quelle sorte de bête abominable est-ce donc?

Tiens… on frappe à la porte. Qui cela peut-il être si tôt le matin? Mes voisins?

* * *

Extraits du rapport de l'inspecteur Lavoie, Service des enquêtes spéciales

(…) Le 19 octobre, munis d'un mandat de perquisition en bonne et due forme, nous sommes entrés au 913, rue des Érables, chez Claude Després, et avons procédé à son arrestation. Le prévenu, ex-professeur de physique à l'université, a immédiatement reconnu sa culpabilité. Les propos de Després sont cohérents, mais dans les circonstances son attitude étrangement calme, détachée, et son regard fuyant nous permettent d'affirmer que son état mental est instable.

Son aveu spontané constitue une preuve irréfutable. Ce qui nous a permis de pouvoir l'appréhender sur-le-champ avec la principale pièce à conviction, son « bébé ».

Dans une des chambres du rez-de-chaussée, nous avons découvert ledit

« bébé » : l'engin explosif qu'il planifiait de faire sauter dans les locaux du département de physique de l'université où l'on venait tout juste de le mettre à pied. Il appert ainsi que les menaces proférées par le prévenu à l'endroit du directeur du département étaient fondées.

Dans les heures qui ont suivi son arrestation, monsieur Després a demandé à parler à son avocat. Ce qui lui a été accordé.

À la lumière de l'état psychologique de son client, il est à prévoir que le procureur tentera de plaider l'aliénation mentale pour permettre une évaluation psychologique et déterminer s'il est responsable de ses actes; à savoir si, techniquement, son état est conforme aux dispositions du paragraphe 16.2 du Code criminel : « atteint de troubles mentaux à un point qui le rend incapable de juger la nature et la qualité d'un acte, ou de savoir qu'un acte est mauvais. »

Enfin, soulignons la pertinence de la méthode expérimentale mise à l'essai pour parvenir à s'assurer de la présence d'un engin explosif à l'intérieur du domicile du prévenu. Après avoir procédé à des tests dans la maison louée, nous avons lâché les coléoptères dans la nature. Grâce au gel badigeonné sur les insectes (un gel renfermant des levures modifiées génétiquement), ceux-ci, tel que prévu, sont devenus fluorescents lorsqu'ils ont progressivement été mis en présence des composés volatiles explosifs que contenait la bombe du prévenu. Sur l'efficacité du procédé, permettez-moi de conclure ce rapport en citant mon prosaïque collègue, l'inspecteur Dufresne : « C'est bon en bibitte! »

LES MONSTRES DU LAC

Rouses Point, lac Champlain,
Mardi 12 juin,
7 h 32

Très tôt ce matin-là, à la barre du *Champ II*, dont la proue fendait avec force les eaux grises du lac Champlain, Pierre Vidal se mit à sourire.

Laissant derrière la petite marina endormie, Vidal se dirigeait vers le large, là où, quelque part dans ce lac immense, vivait Champ, la créature dont il souhaitait prouver l'existence une bonne fois pour toutes.

Champ, le notoire monstre du lac : entraperçu des dizaines et des dizaines de fois; immortalisé sur photos ou bandes vidéo par les gens du coin; vendu sous toutes formes par les commerçants des petites villes bordant le lac : affiches, cartes postales, fanions, chandails ou effigies miniatures en peluche verte.

Champ, dont on ne possédait finalement qu'une seule bonne photographie, prise par une certaine Sandra M., en juillet 1977, près de Saint-Albans, Vermont. Une photo que la principale intéressée, sans doute préoccupée par l'effet du dévoilement dudit document sur sa réputation et sa crédibilité, n'avait rendue publique que trois ou quatre ans après l'avoir prise. Une photo dont le négatif avait d'ailleurs été perdu…

Peu importe, la publication de ce cliché montrant nettement le cou puissant et le dos d'un énorme animal émergeant des eaux avait eu l'effet d'une bombe, propulsant le monstre du lac Champlain à la tête du palmarès des créatures les plus mystérieuses et les plus médiatisées de la planète, *ex æquo* avec Nessie, l'illustre monstre du Loch Ness.

Et c'est cette photo-là qui avait tout déclenché, qui avait poussé Pierre Vidal à l'obsessionnelle quête du monstre.

Depuis plus de vingt ans.

Oh, au tout début, il chassait le monstre en dilettante et dans les livres, parcourant de temps à autre des récits et des témoignages sur les apparitions de Champ. Il avait par la suite entamé des recherches plus sérieuses, fouillant, épluchant les centaines d'observations enregistrées depuis le XIXe siècle. Cela dura quelques années. Vint ensuite une période où, chaque été, il consacrait trois ou quatre fins de semaine à la recherche de la bête, patrouillant le lac, épiant le moindre signe, la moindre ride à sa surface. Puis vint l'été d'avant celui-ci, où il avait littéralement passé tous ses temps libres à rechercher Champ, s'éloignant de plus en plus de sa femme, négligeant sa famille, ses amis, son travail.

Et maintenant? Maintenant…

Comment expliquer cette folie? Cette idée fixe de vouloir être le premier, le premier à prouver hors de tout doute l'existence de la créature? Comment expliquer tous ces efforts, tout cet argent investi : d'abord cette maison de campagne achetée à grands frais aux abords du lac; ensuite ce premier bateau, le *Champ I*; puis ces étés à sillonner le lac de long en large à la recherche de la bête; enfin l'achat d'un second bateau, le *Champ II*, plus grand, plus puissant, mieux équipé…

Et maintenant?

Maintenant, il laissait tout tomber, absolument tout, pour se consacrer à plein temps à la chasse au monstre. Il resterait sur ce fichu lac jusqu'à ce qu'il confirme l'existence de Champ, et ne débarquerait pas du bateau avant.

Il était tout à fait libre. Libre de consacrer toute son attention, toutes ses journées à la poursuite de la créature. Libre de voguer des semaines entières pour fouiller toutes les petites baies du lac, à plonger dans ses eaux sombres, à sonder ses fonds boueux. Libre de faire ce qu'il voulait. Enfin.

Le *Champ II* franchit les bouées balisant l'entrée du chenal du port de plaisance.

Vidal, en mettant le cap au sud, sentit poindre dans le parfum de l'aurore de ce matin de juin, derrière l'air sec et frais soufflant des berges du lac, des odeurs poivrées, épicées comme autant de promesses d'aventures, qui lui picotaient les narines. Il corrigea légèrement la course du bateau, le *Champ II* répondait à merveille à ses moindres désirs.

Pierre Vidal avait tellement souhaité ce moment.

Il avait confié les comptes de ses clients et son propre portefeuille d'actions à un ami, courtier en gestion, tout comme lui. Ce dernier s'occuperait d'ailleurs de ses placements financiers beaucoup plus efficacement qu'il ne l'avait fait lui-même ces derniers mois. Il n'avait plus la tête aux affaires.

Quant à sa mère, ses deux frères, ses amis, tout ce beau monde ne s'inquiéterait pas outre mesure du fait qu'il ne donnerait plus de nouvelles. Il n'en donnait que rarement. Tous savaient aussi que Vidal passerait l'été sur le lac, en solitaire, à traquer Champ.

Il s'éloignait également de plus en plus de sa femme. Mais il ne se sentait pas coupable; elle était aussi distante avec lui qu'il pouvait l'être avec elle. Alors…

Vidal se remit à sourire.

L'aventure sérieuse commençait enfin.

Contrairement à une idée largement répandue, l'inventaire des animaux de la planète était loin d'être achevé : chaque année, on découvrait de cinq mille à huit mille espèces nouvelles. Bien sûr, surtout des insectes et autres invertébrés de petite taille, mais pas toujours, pas toujours… Champ n'était peut-être qu'une légende, qu'une chimère hantant les profondeurs d'un lac long de quelque deux cents kilomètres, un lac insondable, trop vaste, mais il lui fallait tenter sa chance.

Son objectif : obtenir toute une série d'évidences du monstre sur pellicules et bandes vidéo. Du matériel sérieux, crédible, capable de subir tous les tests inimaginables destinés à en prouver l'authenticité.

Il lui avait aussi fallu trouver un témoin. Un témoin neutre, sceptique même, de manière à fournir une preuve supplémentaire de sa bonne foi et ainsi éviter qu'on discrédite ses évidences et range le tout dans la catégorie des canulars. Il avait trouvé ce témoin idéal en la personne d'un jeune journaliste, Martin Leblanc, qui avait illico accepté de s'embarquer dans l'aventure en échange d'une série d'articles sur lui et sa quête. Et même si Vidal était plutôt du genre taciturne et solitaire, il avait accepté ce compromis en échange d'une crédibilité assurée et d'une reconnaissance certaine dans les médias.

Pierre Vidal cogna vigoureusement du pied sur le plancher. L'instant d'après, Martin Leblanc, un blond grassouillet aux cheveux en brosse, sortit sa tête de l'ouverture menant à la petite cabine sous le pont.

— Oui? fit-il.

— C'est l'heure de vous rendre utile, dit Vidal. Pouvez-vous prendre la barre quelques minutes? J'aimerais consulter les cartes marines.

— Avec plaisir, répondit Leblanc. Avec plaisir. Et où précisément commençons-nous nos recherches, monsieur Vidal?

— Rock Island, l'endroit où Champ a été vu la dernière fois il y a trois semaines.

* * *

Quelque part au sud de Rock Island,
lac Champlain,
10 h 57

Danièle Déry et Michael Warren hissèrent rapidement les voiles du *Walkyrie* car une forte brise du sud soufflait, et la journée s'annonçait chaude et belle.

Alors que le *Walkyrie* filait déjà à bonne allure vers le nord, la grand-voile et le foc tendus au maximum, Michael Warren, en équilibre précaire à la proue du bateau, leva le spinnaker qui claqua au vent juste avant de se déployer, bombé et majestueux, dans un ciel pur bleu.

Le *Walkyrie* prit davantage de vitesse. Warren vint rejoindre Danièle Déry à la barre du voilier, se plaça derrière elle et l'enlaça.

Elle se retourna et l'embrassa longuement.

* * *

Lorsque l'alarme du sonar retentit, un peu au nord de Plattsburgh, Martin Leblanc sursauta.

Pierre Vidal abandonna ses cartes sur la table de la cabine et monta à toute vitesse rejoindre Leblanc dans la cabine de pilotage du *Champ II*.

Sur le petit écran verdâtre du sonar, qui criait toujours, une longue silhouette se profilait sous le bateau.

— Est-ce que c'est…? commença Leblanc.

— Non, répondit Vidal sèchement, c'est trop petit. Vraiment trop petit. Environ deux mètres de long…

Pierre Vidal appuya sur quelques touches et l'alarme se tut enfin.

— Qu'est-ce que c'était? demanda Leblanc.

— Un esturgeon, un gros esturgeon de lac.

— Combien peut mesurer la bestiole que nous cherchons, alors? demanda encore Leblanc.

— On a estimé à une quinzaine de mètres la longueur de Champ, affirma Pierre Vidal.

— Tant que ça? Comment a-t-on réussi à évaluer sa taille?

— Par l'analyse de photos et de bandes vidéo, en étudiant le profil des vagues et du sillage générés par la créature lorsqu'elle se déplace dans l'eau.

— On peut se fier à une pareille estimation?

— Vous savez, depuis le temps qu'on observe Champ ici, cela devrait être à peu près juste. Depuis le XIXe siècle, on rapporte au moins une observation par année, et…

— … Et avant cette époque, les Iroquois et les Abénaquis apercevaient

Champ sporadiquement sur les rives ouest et est du lac… Vous me l'avez déjà dit, monsieur Vidal.

— Vous ai-je dit aussi que la taille de Champ était curieusement semblable à celle de Nessie dans le Loch Ness? fit Vidal, mi-cynique, mi-amusé.

— Oui.

— Ah… Et vous ai-je dit également que les descriptions de Champ correspondent étroitement à celles des autres monstres lacustres partout dans le monde : même couleur – un gris foncé luisant – et même texture de peau aussi; une peau semblable à un concombre, couverte de verrues, à l'exemple de Nessie ou du monstre du lac suédois Storsjo?

— Je crois en effet que vous m'avez déjà parlé de ça, répondit Leblanc en souriant.

— Alors pardonnez-moi, fit Vidal en prenant le chemin de la cabine, là où l'attendaient ses cartes marines déployées pêle-mêle sur la table.

* * *

*Près de Rock Island,
lac Champlain,
18 h 43*

Danièle Déry et Michael Warren avaient trouvé l'emplacement idéal pour mouiller, à l'abri des vagues et du vent, tout près de la côte abritée de Rock Island. Warren y jeta l'ancre, rompu de fatigue, mais heureux de cette idyllique journée de voile. Le *Walkyrie* glissa un moment sur l'ancre, puis les pattes de celle-ci mordirent le fond et le bateau s'immobilisa. Ils restèrent quelques instants sur le pont, agrippés aux haubans, à contempler le soleil miroiter sur les vagues.

— Alors... toujours décidée? demanda Michael à Danièle.

— Plus que jamais, assura-t-elle.

— À partir de maintenant, il est trop tard pour reculer.

— Je sais, fit-elle, je sais.

* * *

Un peu au nord de Rock Island,
lac Champlain,
20 h 55

Longeant la côte occidentale du lac à la recherche d'un endroit sûr pour la nuit, Pierre Vidal conduisit le *Champ II* dans une petite baie protégée, à seulement deux milles nautiques de Rock Island.

Sur d'amples et paresseuses vagues se mirait l'unique feu de mouillage blanc du *Champ II*, qui tanguait doucement. Pierre Vidal scruta l'horizon. Une myriade d'autres petits feux blancs semblables illuminaient la baie.

Il était satisfait de sa journée. Ils avaient réussi à rejoindre Rock Island. Demain commençait le vrai travail.

Martin Leblanc vint le rejoindre.

— Des signes de Champ?

— Il fait trop noir maintenant, affirma Vidal. Tout ce qu'on peut espérer la nuit, c'est un écho au sonar. Mais on ne sait jamais, les observations de la bête ont souvent eu lieu au lever ou au coucher du soleil. Et la plupart du temps, à la nouvelle lune.

— Ah bon?

— En 1998, un statisticien a compilé toutes les observations de la créature et calculé que soixante-quinze pour cent de ses manifestations avaient lieu dans les cinq jours précédant ou suivant la nouvelle lune.

— Je suppose que nous sommes dans la période de la nouvelle lune? demanda Leblanc.

— Tout juste.

— Vous savez, la fameuse photo de cette femme… commença Leblanc.

— Sandra M.? fit Vidal. La photo prise en 1977?

— Exactement… reprit Leblanc. Cette photo-là. Eh bien, j'aimerais que nous puissions apercevoir Champ d'aussi près nous aussi.

— Vous savez que cette photo-là a été analysée à l'époque par des chercheurs des universités de Chicago et d'Arizona et qu'on a conclu qu'elle illustrait effectivement une espèce animale vivante et inconnue… Le docteur MacKay, un des trois scientifiques qui a étudié la photo, a cru d'abord qu'il s'agissait d'un zeuglodon, une espèce de cétacé disparue depuis quarante millions d'années. Plus tard, on affirma cependant que Champ était un plésiosaure, un grand saurien éteint il y a soixante-dix millions d'années. Obtenir une véritable preuve nous permettrait de trancher la question.

— On peut toujours rêver…

— Ce n'est pas impossible, monsieur Leblanc, pas impossible. Tout ce dont nous avons besoin, c'est de nous trouver au bon endroit au bon moment : au lever ou au coucher du soleil, par temps calme, sans aucune vague sur le lac. Et avec un peu de chance, nous réussirons à…

Il s'interrompit. On entendait, venant de la cabine, le grésillement d'une voix dans l'émetteur radio.

— *Champ II, Champ II.* Ici *Walkyrie*. À vous.

Vidal et Leblanc descendirent dans la cabine.

« *Champ II, Champ II*. Ici *Walkyrie*. À vous », répétait-on.

Pierre Vidal s'empara du microphone et confirma :

— Ici *Champ II*. Ici *Champ II*. Que peut-on faire pour vous, *Walkyrie*?

— Nous avons à bord quelque chose qui pourrait peut-être vous intéresser, *Champ II*... On nous a dit à Rouses Point que vous cherchiez quelque chose de très particulier : des indices concernant Champ. À vous.

— On vous a bien renseignés, *Walkyrie*. Et qu'avez-vous à nous montrer de si intéressant? À vous.

— Des photos, *Champ II*. Des photos. Nous avons de très bonnes photos de la bête que vous cherchez. Des photos récentes prises la semaine dernière. Et nous aimerions bien vous les montrer. À vous.

Vidal sentit affluer en lui une énorme bouffée d'adrénaline.

— Quelle est votre position, *Walkyrie*? Je répète : quelle est votre position? À vous.

— Rock Island. Nous avons mouillé pour la nuit à Rock Island. À vous.

Vidal déposa le microphone sur la table et se retourna vers Martin Leblanc :

— Quelle chance!

Puis il reprit le micro et répondit :

— Nous sommes tout près de vous, *Walkyrie*, tout près. Que diriez-vous d'un petit rendez-vous matinal? Je répète : que diriez-vous d'un petit rendez-vous matinal? À vous.

* * *

Près de Rock Island,
Mercredi 13 juin,
7 h 28

Le *Champ II* s'approcha lentement du magnifique sloop *Walkyrie* alors que le soleil matinal achevait de dissiper les derniers bancs de brume sur les eaux calmes du lac Champlain.

Pierre Vidal, seul à la barre, observait sur le pont du *Walkyrie* un homme souriant qui tenait dans une main une enveloppe de papier brun.

De l'autre main, l'homme fit une large salutation à l'intention de Vidal.

Pierre Vidal le salua à son tour, et mit le moteur en marche arrière très lente pour éviter d'entrer en collision avec le voilier.

Puis il cogna lourdement du pied sur le plancher.

— Monsieur Leblanc! cria-t-il en direction de la cabine. Venez me donner un coup de main pour les manœuvres d'abordage!

Martin Leblanc parut aussitôt sur le pont.

À ce moment, Vidal remarqua un net changement dans l'attitude de l'homme sur le voilier. Son sourire s'effaça d'un trait. Il semblait contrarié, très contrarié.

Le *Champ II* s'approchait toujours du *Walkyrie*.

Tout de go, sans une seule parole, sans une seule explication, l'homme entreprit de lever l'ancre.

— Un instant! cria Vidal. Un instant! Où allez-vous?

Sans répondre, l'homme amorça ses manœuvres de départ en jetant de temps à autre un regard courroucé en direction du *Champ II*, puis mit son propre moteur en marche et poussa les gaz à fond.

— Mais qu'est-ce qui vous prend? Où allez-vous donc? continuait à crier Vidal, tout à fait surpris.

Le *Walkyrie* s'éloignait déjà.

— Et les photos? Les photos de Champ! Les photos de Champ! s'époumonait Vidal.

— Quelle mouche l'a piqué? fit Martin Leblanc sur le pont du *Champ II*, alors que le *Walkyrie* prenait le large.

* * *

Au large de Rock Island,
7 h 46

Sur le *Walkyrie*, Danièle Déry haussa le ton :

— Est-ce que c'est de ma faute s'il s'est trouvé un imbécile pour l'aider?

Michael Warren était furieux :

— En tout cas, impossible d'agir maintenant! Comment pourrions-nous maquiller ça en accident? Un type seul à bord d'un bateau, passe encore; mais deux…

Il fit une pause, puis déclara en la regardant droit dans les yeux :

— Il aurait fallu d'abord s'assurer qu'il soit seul sur son bateau…

— Mais c'est la première fois qu'il prend quelqu'un à bord! D'ordinaire, il navigue toujours en solitaire…

— Au moins, il ne t'a pas vue. C'est l'essentiel.

* * *

Au large de Rock Island,
8 h 58

— Vous ne trouvez pas ça étrange, vous? demanda Vidal à Leblanc.

— Bien sûr que si, répondit Leblanc.

— Un type vous aborde sous prétexte de vous montrer quelque chose, puis à la dernière minute se ravise et s'enfuit

comme si le diable était à ses trousses?
Vous ne trouvez pas ça étrange?

— Bien sûr que si, répéta Leblanc. Bien
sûr que si. Mais peu importe, laissez
tomber. Ce n'est pas une raison pour le
poursuivre jusqu'au bout du lac. Nous
avons autre chose à faire, non?

Vidal avait tenté de joindre par radio
le *Walkyrie*, à plusieurs reprises, en vain.
Il avait donc décidé de retrouver le voilier, afin de pouvoir poser une ou deux
questions à l'individu qui le conduisait.

— J'aimerais qu'il m'explique pourquoi
il ne veut plus me montrer ses photos!
C'est tout.

* * *

Au milieu du lac Champlain,
10 h 32

— Je suis d'avis qu'il faut le faire
quand même, insistait Danièle Déry dans
la cabine de pilotage du *Walkyrie*.

— Arrête avec ça! répondit Warren qui
tenait fermement la barre. On rentre.

C'est terminé. On avait une chance, on l'a gaspillée. C'est fini.

Le voilier filait à bonne allure vers la marina de Burlington, Vermont. Michael Warren gardait les yeux rivés sur le cap qu'il s'était fixé.

Danièle Déry le harcelait toujours.

Ils ne se rendirent pas compte que dans leur sillage était apparu le *Champ II* sur l'horizon.

— Pourquoi ne pas réessayer? proposa-t-elle de nouveau.

— Non, non et encore non! Faire disparaître Vidal, d'accord. Mais l'autre… Absolument pas! Il faut que tu comprennes : ce type-là n'a rien à voir là-dedans!

— Mais je m'en fous de l'autre type… Tu sais ce que je veux…

Elle s'approcha et se colla tout contre lui.

— Tu sais ce que je veux… n'est-ce pas?

Mais il la repoussa violemment contre la paroi de la cabine.

* * *

Au milieu du lac Champlain,
12 h 46

Tandis que le *Champ II* gagnait du terrain sur le *Walkyrie*, l'alarme du sonar retentit de nouveau.

À la barre, Pierre Vidal blêmit en consultant l'écran du petit appareil.

Martin Leblanc vint le rejoindre.

Une énorme silhouette se dessinait sous le bateau, à quelques mètres seulement devant le *Champ II*.

Vidal stoppa net les machines.

— Champ? demanda Leblanc par-dessus l'alarme du sonar qui hurlait toujours.

— Je ne sais pas, répondit Vidal, surexcité. Mais c'est gros. Très gros. Plus de dix mètres de long…

Ils demeurèrent un moment interdits devant cette masse immense qui s'avançait juste là, devant eux.

Puis Vidal reprit :

— Prenez la barre! Prenez la barre! fit-il en se précipitant dans la cabine pour y prendre l'appareil photo et la caméra vidéo.

L'alarme stridente résonnait toujours.

Au milieu du lac Champlain,
12 h 49

Sur le *Walkyrie*, le calme était enfin revenu.

Comment avaient-ils pu en arriver là? Comment la situation avait-elle pu dégénérer à ce point?

Le corps inerte de Danièle Déry gisait sur la banquette de la cabine.

Il l'avait déposé là, sans trop savoir quoi en faire.

Michael Warren essayait de remettre de l'ordre dans ses idées, de rejouer dans sa tête le film de l'accident depuis le début de leur dispute, mais c'était impossible.

C'était au-dessus de ses forces. Il n'arrivait plus à se concentrer.

Un instant, l'idée de balancer le corps à la flotte lui était venue, mais il s'était ravisé. C'était la pire chose à faire. On retrouverait assurément le corps.

Il était coincé.

Ce n'était pas sa faute à lui. Elle avait insisté, insisté, insisté. Elle voulait à tout prix mettre son plan à exécution, tuer ce mari inutile qui ne s'intéressait plus à elle depuis longtemps.

Elle toucherait la prime d'assurance, vendrait les deux bateaux, la maison de campagne, le condominium en ville… Ils pourraient enfin se la couler douce tous les deux. C'était la seule chose qui comptait.

Tuer Vidal.

Il était trop tard pour reculer, affirmait-elle. Elle ne voulait plus entendre raison. Il avait beau lui dire que la situation n'était plus la même, que la présence de cet autre type changeait tout, elle n'écoutait plus. Elle insistait, insistait, insistait.

Ils s'étaient violemment querellés. Puis elle avait commencé à le frapper, d'abord lentement, ensuite de plus en plus fort. Il ne voulait que se libérer de son emprise, ne voulait que l'éloigner, l'arrêter.

Mais il l'avait repoussée puissamment. Elle avait perdu pied sur le plancher mouillé de la cabine et sa tête avait heurté de plein fouet le cabestan de la grand-voile.

Comme ça, bêtement, elle était morte. Il l'avait tout de suite compris. Le sang avait giclé comme une fontaine. Il y en avait partout.

Comment avaient-ils pu en arriver là? Comment la situation avait-elle pu dégénérer à ce point?

Il n'arrivait plus à se concentrer.

Coincé... Coincé... Il était coincé...

C'est tout ce qu'il pouvait s'entendre répéter.

Michael Warren ne se rendait pas compte que le *Walkyrie* dérivait doucement vers le *Champ II* maintenant tout près sur l'horizon.

* * *

Au milieu du lac Champlain,
12 h 51

L'alarme s'était tue.

L'énorme silhouette s'était évanouie sur l'écran du sonar.

— Il n'y a plus rien! cria Leblanc à l'intention de Vidal, debout à la poupe du *Champ II*. Plus rien du tout!

Vidal scrutait toujours la surface de l'eau sur tribord, là où le sonar avait indiqué la dernière présence de la créature.

Vidal en était convaincu : ils venaient de croiser Champ! Aucun doute possible. Champ était dans les parages… Champ était dans les parages…

— Monsieur Vidal! fit alors Martin Leblanc. Regardez, là, droit devant vous…

Pierre Vidal vit alors le *Walkyrie*, apparemment sans direction, s'approcher lentement d'eux.

Il alla jusqu'à la cabine de pilotage et remit le moteur en marche.

Martin Leblanc descendit dans la cabine sous le pont.

— *Walkyrie, Walkyrie*. Ici *Champ II*. Répondez *Walkyrie*, dit-il dans le microphone de l'émetteur radio.

— *Walkyrie, Walkyrie*. Ici *Champ II*. Répondez *Walkyrie*.

Au fur et à mesure qu'il s'approchait du voilier, Pierre Vidal sentait confusément que quelque chose n'allait pas à bord.

Martin Leblanc sortit le rejoindre sur le pont.

Tous deux virent apparaître les premières traces écarlates sur la coque blanche.

Ils aperçurent ensuite Michael Warren, barbouillé de sang, immobile, assis à même le plancher, au pied du corps d'une femme qui reposait sur une des banquettes de la cabine.

L'homme à l'enveloppe brune n'était pas seul sur son bateau.

Puis *Champ II* fut suffisamment près pour que Vidal reconnaisse la femme.

Sa femme.

Danièle? Qu'est-ce qu'elle faisait là? Et qui était donc ce type avec qui elle se trouvait?

Les deux coques des bateaux se touchèrent doucement.

Ni Vidal ni Leblanc n'entendirent alors l'alarme du sonar signalant une silhouette énorme, sur le flanc gauche du *Champ II*.

Il y avait du sang partout dans la cabine de pilotage du *Walkyrie*.

Ni Vidal ni Leblanc ne virent émerger à la surface des eaux du lac la tête, le long cou et le torse de cette créature préhistorique à la peau grise, luisante et couverte de verrues qui replongea, l'instant d'après, vers les profondeurs.

Le *Walkyrie* était maculé de sang.

Il y eut un gros bouillon à la surface des eaux grises du lac Champlain, puis plus rien.

QUI VOLE UN ŒUF

Jumelles au cou, François Ryan entamait, au petit matin, sa deuxième semaine d'observation sur la longue plage de la dune du Nord lorsqu'un grand homme frêle, d'une soixantaine d'années, s'approcha. Il avait le teint basané des hommes qui travaillent dehors, au vent du grand large. Ses joues étaient creuses; son menton, proéminent.

Les nouvelles allaient vite aux Îles-de-la-Madeleine. Tout le monde à Havre-aux-Maisons et à Cap-aux-Meules savait qu'une équipe de jeunes biologistes du continent – dont Ryan – était débarquée depuis peu pour observer la nidification des couples de pluviers siffleurs, une espèce menacée nichant aux îles.

— Alors, l'aborda l'homme, ils ont pondu, vos pluviers?

Le patron de Ryan, le directeur du programme de recherche de l'université, avait insisté auprès des membres de son équipe pour que ceux-ci se montrent chaleureux et ouverts avec la population et les touristes, de manière à s'assurer de leur collaboration. La survie des pluviers – qui pondent leurs fragiles œufs à même le sable des plages – dépendait de la sensibilisation du public; en raison du dérangement humain, trop d'œufs ou d'oisillons étaient abandonnés par leurs parents.

— Oui, répondit Ryan, hier et avant-hier, les quatre couples que j'observe ont pondu leurs œufs.

— Bonne nouvelle alors, constata l'homme.

— Oui, dit Ryan. Mais rien n'est gagné, encore faut-il que ces oisillons-là réussissent à survivre à leur premier été.

— Vous en connaissez un bout sur les oiseaux, hein? demanda l'homme en se grattant le menton.

— Un peu, confirma le jeune biologiste, un peu.

Un silence gênant s'installa. Le Madelinot, qui scrutait l'horizon, restait silencieux. Après un long moment, il renifla bruyamment et poursuivit :

— Y a un truc que je garde à la maison qui pourrait peut-être vous intéresser.

— Ah? fit Ryan.

— Un œuf, annonça-t-il. L'œuf d'un oiseau rare, éteint pour ainsi dire.

— De quelle espèce?

— De grand pingouin, je crois. Mais c'est vous l'ornithologue.

— Vous me faites marcher?

L'homme ne répondit pas, mais quelque chose dans son assurance titilla Ryan.

— Où habitez-vous? demanda le biologiste.

* * *

Le jour déclinait rapidement.

Surplombant la mer, la maison défraîchie de l'homme aux joues creuses était juchée sur une butte aux quatre vents. François Ryan sonna à la porte.

Un homme mal rasé, d'une trentaine d'années, copie conforme – en plus jeune – de l'homme rencontré le matin même, lui ouvrit.

— B'soir, vous venez voir mon père?

— C'est ça.

— Entrez.

Il le conduisit dans la cuisine. Un grand désordre régnait dans la pièce; de la vaisselle s'entassait pêle-mêle dans l'évier et sur le comptoir. De lourds imperméables reposaient sur le dossier des chaises. Des pièces de moteur, un rotor? – François Ryan n'y connaissait rien en mécanique – trônaient dans un coin. L'homme terminait son repas.

— Je savais bien que vous viendriez, commença-t-il, repoussant son assiette. Puis il se leva et annonça :

— Suivez-moi à la cave.

Derrière l'homme qui descendait l'escalier en faisant craquer chaque marche, le jeune biologiste se demanda s'il avait bien fait de venir.

— Je pêche le homard pour gagner ma vie, dit l'homme, depuis toujours, comme mon père avant moi. Un Leblanc. Mon fils a pêché avec moi quelques années, mais maintenant il ne veut plus rien savoir. Trop mal au dos, qu'il dit. À vingt-neuf ans. Paresse rime avec jeunesse, que je lui dis. Moi, j'en ai soixante-deux, est-ce que je me plains? Si je le voulais, je pourrais gagner en une semaine ce que tu gagnes en un an, qu'il me dit. J'aimerais voir ça…

Ils arrivaient au bas de l'escalier.

— Attention à votre tête! C'est bas de plafond ici.

Trop tard. Ryan s'était cogné la tête contre une solive. La cave était plongée dans le noir. Leblanc repéra à tâtons l'interrupteur et alluma.

— Voilà, reprit Leblanc. C'est ici, au fond.

Un vieux congélateur ronronnait dans un coin.

— C'est mon père qui a trouvé l'œuf en 1959, poursuivit-il, au pied de la falaise du rocher aux Oiseaux, une île de roches au nord-est de l'archipel.

Puis il ouvrit la porte du congélateur et en sortit précautionneusement une petite boîte en bois mal dégrossi. Il déposa la boîte sur le sol et en retira le couvercle. Un œuf oblong, crème, reposait sur des journaux jaunis.

— V'là l'affaire, dit Leblanc.

* * *

Officiellement éteint depuis 1844, le grand pingouin avait été chassé sans merci, durant trois siècles, dans tout l'Atlantique Nord, pour sa chair, son gras et sa peau. Nichant en colonie, près du rivage, et incapable de voler de surcroît, l'oiseau était ainsi fort vulnérable. Les marins des navires européens qui fréquentaient le golfe Saint-Laurent et les grands bancs de Terre-Neuve débarquaient dans les colonies, tuaient au gourdin des centaines d'oiseaux en quelques minutes et pillaient les nids.

Les premières observations de grand pingouin aux Îles-de-la-Madeleine remontaient à 1534, lorsque Jacques Cartier s'y était arrêté pour une brève escale avant de poursuivre son voyage vers le continent. Plusieurs autres récits historiques subséquents confirmaient également la présence d'une colonie dans l'archipel.

* * *

François Ryan considérait l'œuf tandis que Leblanc continuait :

— Des années que je le garde, en fait depuis que mon père est mort en 1978. Et je me dis toujours : faudrait bien que je le montre à quelqu'un qui s'y connaît. Puis une nouvelle saison de pêche commence, il y a trop de choses à préparer, à réparer, et j'oublie. Mais cette année, en vous voyant débarquer aux îles, je me suis dit qu'il ne fallait pas rater l'occasion. Au lieu de croupir dans un vieux congélateur, cet œuf serait plus à sa place dans un musée. Vous ne croyez pas?

Le jeune biologiste ne savait que répondre. Il était assez improbable que l'œuf du pêcheur soit celui d'un grand pingouin, mais il ne voulait pas réduire à néant tant de bonne volonté. Il fallait conserver de bonnes relations avec les gens d'ici. D'un autre côté, s'il s'avérait que l'œuf était vraiment celui d'un grand pingouin, cela constituait une nouvelle scientifique fort intéressante. Et, amorçant sa carrière, Ryan savait très bien que les retombées d'une telle découverte pourraient lui être très utiles.

— Voilà ce que je vous propose, répondit-il enfin. Comme nous repartons pour le continent dans trois semaines, je pourrais apporter l'œuf avec moi et le faire analyser en laboratoire. Il faut être certain qu'il s'agit bien d'un œuf de grand pingouin. C'est la première chose à faire. Qu'en dites-vous?

— Ça me va, fit Leblanc avec un drôle de sourire.

Ryan avait l'impression que le motif pour lequel Leblanc acceptait de lui céder l'œuf était bien différent de ce qu'il avait annoncé. Pourquoi? Que pouvait-il espérer? Le vendre à bon prix à une université ou un musée? Au fait, combien pouvait valoir l'œuf s'il s'avérait être celui d'un grand pingouin?

* * *

Lorsque François Ryan monta à bord du gros traversier qui reliait les îles et la terre ferme, emportant avec lui l'œuf dans une petite glacière, il remarqua que le fils Leblanc était aussi du voyage. Curieusement, ce dernier sembla contrarié de constater que Ryan l'avait reconnu.

Mais au large, l'océan agité faisait violemment rouler le bateau, de sorte que François Ryan en oublia le fils Leblanc pour se concentrer sur son estomac, houleux lui aussi.

* * *

Une semaine s'était écoulée depuis que Ryan était revenu en ville. Ce matin-là, tandis qu'il marchait vers son bureau au pavillon de biologie de l'université, François Ryan sentit confusément qu'on le suivait, depuis un long moment déjà. Il n'osa se retourner, de crainte de constater que tel était le cas.

Trois jours plus tôt, Ryan avait apporté l'œuf à un collègue du département dont le laboratoire se spécialisait dans les tests d'ADN. Ce test permettrait de décoder l'information génétique de l'œuf pour ensuite la comparer à celle d'un spécimen de grand pingouin.

Depuis, il avait la sensation qu'on l'épiait constamment. Qu'on le suivait sur les trottoirs, dans le métro, dans les couloirs de l'université. Quel intérêt y avait-il à suivre un petit étudiant de maîtrise sans le sou?

* * *

François Ryan était attablé, pour une rare fois, avec sa colocataire, Stéphanie

Potvin, étudiante au doctorat en biologie. Ils se voyaient plus fréquemment dans les corridors du département que dans le couloir de leur propre appartement.

— Selon toi, lui demanda Ryan, combien peut valoir l'œuf d'un oiseau disparu sur le marché noir?

— Sans doute pas mal de fric. Y a des malades qui collectionnent n'importe quoi, du moment que c'est exceptionnel.

— Et comment s'y prendre pour rejoindre les acheteurs potentiels de l'objet?

— Hum… Je ne sais pas. Mais il existe à l'échelle internationale des réseaux clandestins d'acheteurs de spécimens d'espèces rares ou menacées. En furetant sur Internet, avec les bons mots clés, on devrait pouvoir entrer en contact avec de telles personnes.

— C'est ce que je pense aussi.

* * *

C'est par hasard que le lendemain, peu après midi, François Ryan tomba sur le fils Leblanc.

Ayant quitté son bureau quelques instants auparavant, Ryan était revenu sur ses pas, car il avait oublié sa serviette. Il trouva sa porte ouverte – lui qui se souvenait très bien de l'avoir verrouillée – et le fils Leblanc en pleine fouille dans ses classeurs.

Forçant la sortie, Leblanc le bouscula sans ménagement et disparut dans le corridor. Ryan était trop surpris pour se mettre à sa poursuite. Et puis à quoi bon? Il savait très bien ce que le fils Leblanc était venu chercher.

Il constata que le contenu de sa serviette avait été éparpillé sur le plancher. Seule manquait à l'appel la page déchirée de son calepin de notes où figuraient le nom de son confrère responsable des tests d'ADN et ses coordonnées : *tél. 3547, local B-7842*.

Ryan ne s'inquiéta pas outre mesure; on l'avait informé quelques heures plus tôt du résultat des tests.

* * *

En début de soirée le même jour, Ryan réussit à joindre Leblanc père.

— J'ai deux nouvelles, lui annonça-t-il au téléphone. L'une concerne votre fils; l'autre, votre oeuf. Mais c'est drôle, j'ai l'impression que je ne vous apprendrai rien.

— Que voulez-vous dire?

— Vous devez tout savoir : depuis mon départ des îles, votre fils n'a pas cessé de me suivre.

— Mon fils est un grand garçon. Il fait ce qu'il veut.

— Vous voulez dire qu'il agissait seul? Que vous n'avez rien à voir dans le vol de l'œuf?

— C'est ça.

— Alors là, je ne comprends plus. Il est entré par effraction cet après-midi dans un des laboratoires de l'université. Il a volé l'œuf. La police a émis un mandat d'arrestation contre lui. S'il désirait tant cet œuf, pourquoi est-il venu jusqu'ici? Pourquoi ne pas l'avoir pris directement dans votre congélateur?

— Il n'a appris son existence que lorsque vous êtes venu me rendre visite.

Voyez-vous, je n'ai jamais eu confiance en mon fainéant de fils. Ce n'est pas la première fois qu'il a des démêlés avec la police.

— Je croyais que vous aviez changé d'idée, que vous vouliez reprendre l'œuf et tenter de le vendre avant que les tests confirment la tromperie.

— La tromperie? demanda Leblanc.

— Vous saviez pour l'œuf, non?

— Bien sûr que je le savais.

— Pourquoi m'avoir joué ce tour-là alors? demanda le jeune biologiste.

— Vous n'y êtes pour rien. C'est à mon fils que je voulais donner une leçon. C'est lui que je voulais attraper.

À l'autre bout du fil, Leblanc resta silencieux. Puis, après un moment, il renifla bruyamment et ajouta :

— Et on peut dire que j'ai assez bien réussi : je lui souhaite bien du plaisir à tenter de vendre un œuf de cormoran.

LA PETITE LICORNE

L'école est finie. Les vacances commencent. Je marche vers ma maison. Il fait gros soleil. C'est tellement chaud que des fois l'asphalte fond quand je reste trop longtemps dessus. Je me laisse enfoncer un peu, j'aime ça. Après je me libère et je reprends le chemin de la maison.

Hier il faisait chaud pareil. Le jour d'avant aussi. Avant ça, je me rappelle plus. J'ai les mains toujours humides. Le gros cartable avec mes dessins de l'année glisse tout le temps. J'arrête pas de l'échapper par terre.

Il y a pas de vent. Pas une graine de vent pour nous rafraîchir, comme dirait mon père. Et il y a aussi les odeurs de vidanges dans l'air. Ça pue encore, c'est pas nouveau.

On n'entend rien. Pas d'oiseau. Pas de tondeuse à gazon. Rien.

Sur ma rue, le long du terrain abandonné, je m'arrête. J'entends un bizarre miaulement dans les petits arbres. On dirait un chat, mais c'est pas un chat. C'est un oiseau. Un Moqueur chat. Oui, c'est vrai, ça existe. C'est comme ça que ça s'appelle, c'est mon père qui me l'a dit. C'est comme un merle, mais gris foncé. C'est un oiseau qui imite les chats et qui aime se moquer des gens.

Miaouri, qu'il fait le Moqueur.

L'oiseau, il me regarde. Mais là, un gros camion tourne le coin de la rue et il s'envole. Puis le gros camion me dépasse et s'arrête un peu plus loin, devant la maison avec l'affiche « À vendre » à côté de chez nous.

La maison est vide depuis je me rappelle plus quand. J'avais un ami qui habitait là. Mais sa famille a déménagé.

Dans mon quartier, des maisons vides, il y en a tout plein. Le secteur n'est plus ce qu'il était et les gens s'en vont ailleurs, qu'il dit mon père. Tout ça, c'est la faute de la carrière, qu'il dit. Un an qu'ils l'utilisent comme dépotoir municipal, qu'il dit. Des fois, mon père il a raison. C'est vrai, chaque jour, moi je vois passer tous les camions qui apportent les déchets à la carrière, et ça pue.

L'odeur est tolérable l'hiver, mais l'été, avec les chaleurs, c'est pas respirable. Chaque printemps, de plus en plus de voisins vendent leur maison. Beaucoup de mes amis sont partis. Je suis pas mal tout seul pour jouer maintenant. Mon père, il a promis qu'on allait bientôt déménager nous aussi. Mais la seule chose, c'est que mon père, il tient jamais ses promesses.

Je suis content d'avoir des nouveaux voisins. Peut-être qu'il y a quelqu'un de mon âge pour jouer avec moi? Je marche vite vers chez eux. Mon cartable arrête pas de glisser de mes mains.

Là, je m'arrête devant leur maison et je regarde les monsieurs du déménagement qui commencent à travailler. Bang! Mon cartable tombe sur le trottoir. Mes dessins se répandent tout autour. Je me penche pour les ramasser. Quand je me relève, il est là, il me regarde.

Il est plus grand que moi, et plus maigre aussi. Ses cheveux sont tout noirs. Ses yeux sont comme jaune, avec du rouge autour. Et il a des gros sourcils par-dessus. Son visage est luisant, comme si c'était un visage de cire.

Je serre mon gros cartable contre moi et j'essaie de dire quelque chose, mais ça sort pas. Alors je m'en vais vers chez moi qui est juste à côté. Pendant que je marche, je sens que l'autre, il me regarde dans mon dos. Je traverse la pelouse et je m'arrête juste avant d'entrer dans ma maison. Je me retourne. L'autre il me fixe toujours avec un air de grande personne fâchée. Je rentre dans ma maison et je claque la porte moustiquaire.

Non, c'est pas un ami. Je veux pas jouer avec lui. Il est trop sévère mon nouveau voisin, il donne froid dans le dos.

* * *

Pas longtemps après que le camion de déménagement a disparu, mon nouveau voisin vient cogner à ma porte.

Je l'ai vu venir. Je suis caché derrière les rideaux jaunis de la grande fenêtre du salon. Mais je veux pas répondre. Mon nouveau voisin cogne encore. Alors je vais vers la porte moustiquaire, mais je l'ouvre pas, je reste de l'autre côté. Il y a plein de trous dedans. Les mouches arrêtent pas d'entrer dans notre maison. Mon père, il dit qu'un jour, il va la réparer. Mais mon père, il tient jamais ses promesses.

Je reste là sans bouger. Après je sais pas combien de temps, mon voisin se met à parler. Tu viens jouer avec moi? qu'il fait.

Il doit être d'un autre pays car il parle avec un bizarre d'accent étranger. J'ouvre la bouche pour dire quelque chose, mais je la referme. J'ai pas envie de lui parler. Je commence à avoir mal au ventre. C'est comme si quelqu'un entre dans moi et tord à deux mains mon ventre à chaque bout. Je sens aussi que mon front devient humide. Je passe ma langue sur mes lèvres et c'est tout salé. J'ouvre la bouche. Non, que je dis avec une drôle de petite voix.

Mon voisin me regarde sans rien dire, ça dure longtemps longtemps. Après, il se retourne et il s'en va vers chez lui sans dire un mot.

Ouf, je suis bien content qu'il s'en aille. Je l'aime pas. Qu'est-ce qu'il veut? Pourquoi il veut que je joue avec lui?

Miaouri, qu'il fait, le Moqueur chat caché dans l'arbre.

* * *

La nuit après ça, je rêve. Je rêve à mon nouveau voisin. On dirait qu'il a grandi. On dirait que c'est plus du tout un petit garçon. Il a un drôle d'air. Même qu'il me fait peur. Je suis attaché à un arbre, et il

tourne en rond autour de moi, et il répète :
« Viens jouer avec moi, viens jouer avec
moi, viens jouer avec moi… »

* * *

Après ça, la journée d'ensuite je pense,
juste avant l'heure de midi, je joue sur le
perron avec mon jouet préféré, ma petite
licorne en plastique jaune. Là, mon nouveau voisin sort de chez lui, et il s'en va
en marchant sur le trottoir. Il tourne le
coin et je le vois plus. Où est-ce qu'il s'en
va? Et où ils sont, ses parents? Je regarde
vers leur maison. L'affiche « Maison à
vendre » est encore là.

La maison des voisins, elle est pareille
à la nôtre. Il y a plein d'endroits où
il manque de la peinture. Les vitres
sont aussi sales que chez nous. Ils ont
installé des draps dans les fenêtres
pour qu'on voie pas dedans la maison.
Les parents, on les a pas vus encore.
Pourquoi ils sortent pas? Il y a des
grosses boîtes de carton vides en dessous
de l'érable. Au milieu de la pelouse,

je remarque quelque chose qui brille au soleil. Quelque chose échappé par les monsieurs du déménagement.

Je laisse ma petite licorne sur le perron, je traverse mon terrain à moi, et je marche sur leur pelouse vers l'objet qui brille. Je me penche et je ramasse l'objet. C'est une vieille photo en noir et blanc dans un cadre tout en dorures. Dessus, il y a des hommes du désert habillés en blanc, et qui sont là, comme ça, tout sérieux sur des chameaux dans les dunes. En arrière, il y a comme des rideaux de chaleur qui montent et on voit loin loin, vraiment loin, comme une ville ou une forteresse. Mais le plus drôle sur la photo, c'est le petit garçon qui se trouve devant les hommes du désert, debout sous un des chameaux. Il est pareil à mon nouveau voisin, mais ça se peut pas parce que la photo, c'est une trop vieille photo pour que ça soit lui. Et il est pareil que maintenant sur la photo.

Là, j'entends comme du bruit qui vient de dedans la maison de mon voisin. Je colle la photo contre moi et je cours vers ma maison. Je sais pas pourquoi je garde la photo. C'est pas un vol, je suis pas un voleur. Je veux pas la voler, je veux juste la regarder encore un peu.

Je vais de l'autre côté de la maison. Je regarde autour pour être bien sûr que personne me voie et je cache la photo derrière les rosiers. C'est une bonne cachette. Je retourne m'asseoir sur le perron. Je prends ma petite licorne pour jouer et je fais semblant de rien.

Mon voisin, il revient un peu après et il marche vers chez lui. Juste avant d'entrer dans sa maison, il s'arrête, il se tourne la tête et il me regarde drôle. On dirait qu'il sait que j'ai pris sa photo. Là, il se met à sourire. Et moi, j'ai la chair de poule qui m'arrive dessus. Ensuite, tout d'un coup, je sens les odeurs des vidanges. Ça pue plein dans mon nez. J'ai envie de vomir. Je sens que je vais être malade. Je me lève et je rentre vite vite dans ma maison.

* * *

Le même jour je pense, mais plus tard après, je suis encore assis sur le perron et je m'amuse avec ma petite licorne. Mon nouveau voisin vient encore me voir.

Tu veux pas jouer avec moi? qu'il répète. Je fais non avec ma tête. Je sais pas pourquoi, mais j'aime vraiment pas ça quand il est proche de moi. Je sens comme une longue couleuvre froide qui monte dans mon dos. Je sens aussi que mon voisin, il va me parler de sa photo. J'ai pas volé la photo, je veux juste la regarder un peu.

Je serre tellement fort ma petite licorne dans ma main que mes ongles sont tout blancs. Il est beau ton cheval, qu'il dit, mon voisin. C'est une licorne, pas un cheval, que je dis. Une licorne? qu'il fait avec son sourire drôle. Moi, je réponds pas. J'ai encore mal au ventre. C'est comme si on me donnait des coups de pied fort fort en plein dedans. Là, mon voisin, il sourit plus du tout.

Moi, je pense encore que le voisin va me parler de la photo, mais non il dit rien à propos de la photo. Une licorne, qu'il dit, une licorne, qu'il dit une autre fois. Et là, c'est comme si la couleuvre froide monte encore et qu'elle me serre le cou et ça fait encore plus mal dans mon ventre.

Ensuite, mon voisin, il se retourne et il dit quelque chose, mais moi je l'entends pas parce qu'il dit ça tout bas en s'en allant chez lui. Ensuite la couleuvre s'en va et mon mal de ventre aussi.

Je bouge pas, je reste comme ça, longtemps. Je regarde ma petite licorne jaune sur le perron en ciment. Tout d'un coup, je me dis que je voudrais être loin. Je me dis que je voudrais jouer avec ma licorne dans le sable, dans beaucoup de sable, dans le désert, comme sur la vieille photo. Je sais pas d'où elle me vient, cette idée-là. Je sais pas pourquoi je pense à ça. Je me dis ensuite que le désert c'est trop loin, mais qu'un carré de sable ce serait mieux que rien. Mais j'ai pas de carré de sable. J'en ai déjà demandé un une fois à mon père. Mais mon père, il dit que ça sert à rien d'en construire un parce qu'on va déménager bientôt. Il dit qu'il va m'en faire un à notre nouvelle maison.

Mais mon père, il tient jamais ses promesses. Ensuite, j'imagine comment il serait mon carré de sable. Des belles planches neuves, toutes rouges. Plein de beau sable chaud. Et avec des animaux. Des chameaux, des chevaux, une licorne. Ma licorne.

Après avoir pensé à ça, je lève lentement la tête vers le ciel. Il est tout bleu. Il y a juste un nuage. Loin, loin, vers là-bas. Un gros nuage en forme de licorne. Une licorne qui galope dans le vent.

* * *

Plus tard, c'est la même journée, et je suis bien caché dans les rosiers. Personne peut me voir. Je regarde la vieille photo de mon voisin. Je vois quelque chose de bizarre. Je sens la couleuvre froide qui remonte encore dans mon dos. La photo a comme changé. C'est pas grand-chose, c'est presque rien, mais c'est quand même curieux. Les hommes du désert sont encore dans le désert, mais ils sont plus sur des chameaux, ils sont sur des licornes. Et le petit garçon qui est pareil à mon voisin, il sourit maintenant. Tantôt, je suis sûr, il était sérieux.

Miaouri, qu'il fait encore, le Moqueur chat caché dans l'arbre.

* * *

La nuit après ça, je rêve encore. Je rêve d'une grande forteresse dans le désert. Toute en sable. Il y a des enfants qui jouent tout autour. Des madames tout en noir et des jongleurs dans des robes pleines de couleur qui entrent et qui sortent de la forteresse. C'est beau. J'entends aussi de la belle musique. Il y a aussi plein de monsieurs à cheval. J'entends leurs cris, et le son fort fort des sabots des chevaux sur le sable.

Là je me réveille. J'entends des bruits de marteau et de scie. On dirait que ça vient de chez mon nouveau voisin. Mais je reste dans mon lit parce que j'ai encore le goût de dormir, car c'est de bonne heure le matin. Alors je me rendors.

Plus tard, je me réveille parce que j'entends d'autres bruits dans la cour du voisin. C'est comme si quelqu'un pellette du sable. Je me lève et je regarde par la fenêtre de ma chambre, mais je peux rien voir à cause du gros arbre.

Je m'habille et je vais vite dehors. Le silence est revenu. Je vais sous la haie de cèdres et je me penche. Je me fais tout petit, je passe sous les branches et je regarde dans la cour du voisin. Il y a personne.

Et là, je suis quand même un peu surpris parce que le voisin, il a construit un beau carré de sable. Avec des belles planches rouges comme du feu, avec des bancs aux quatre coins et du beau sable tout doré. C'est beau, vraiment beau.

Ensuite, vite vite, je sors de sous la haie et je vais chercher ma petite licorne sur le perron. Je reviens et je traverse sous la haie. Je suis dans la cour du voisin. Il y a toujours personne, pas un chat. Si je joue un peu, je me dis, je fais de mal à personne. Ça fait rien, ça dérange pas.

Alors là, je m'approche du carré de sable et je regarde encore autour pour être sûr que personne me voie, et je m'approche encore. Ça sent bon. Ça sent le bois neuf, la peinture neuve. Et le sable, il est pas sec, il y a juste assez d'eau dedans pour construire des villes et des châteaux et des forteresses. Je m'approche encore et je mets ma licorne sur le sable.

Ensuite, je viens pour passer ma jambe par-dessus les planches et mettre mon pied sur le sable, mais j'entends comme une grosse cloche loin dans le fond de ma tête. C'est comme si on me disait qu'il faut pas que j'entre dans le carré de sable. Juste après, il y a mon père qui crie mon nom de l'autre côté de la haie de cèdres. Mon père qui veut que j'aille déjeuner. Alors je retourne vers ma maison, mais j'oublie ma petite licorne sur le sable.

* * *

Un peu plus tard la même journée. Il fait chaud. Vraiment chaud. Le dépotoir, il sent encore plus mauvais que d'habitude. Je suis assis sur le perron et je regarde des fourmis qui marchent deux par deux. Mais j'ai pas le goût. J'ai pas le goût d'attraper des papillons, j'ai pas le goût de regarder des fourmis. J'ai le goût à rien. Je pense juste au carré de sable du voisin. C'est pas juste. Moi, j'ai pas de carré de sable. Et je me mets à pleurer. Je suis triste. La dernière fois où j'ai été triste comme ça, c'est quand maman est partie.

Un matin, je me suis levé et elle était plus là. Je sais pas pourquoi elle a fait ça. Peut-être à cause des promesses de mon père?

Je le sais, on va pas partir d'ici. Une autre belle promesse de mon père. On va rester ici pour toujours, sans jamais avoir rien ni personne pour jouer. Si au moins j'avais un carré de sable. Mais j'ai rien. Juste une petite licorne. Ma licorne… D'un coup, je me rappelle où elle est et je me dis qu'il faut aller la chercher.

Je me lève et je marche vers la haie. Je reste en dessous des branches pour regarder dans la cour de mon voisin.

Et là, je suis encore surpris. Le voisin, il a construit une grosse forteresse au centre de son carré de sable. Une belle forteresse qui brille au soleil avec des tours et puis aussi des tas de drapeaux qui flottent au vent du désert. La forteresse, elle est comme un mirage à travers les rideaux de chaleur qui montent du sable. C'est bien ça. C'est bien elle. C'est la forteresse de mon rêve. Et devant l'entrée de la forteresse, il y a ma petite licorne en plastique.

Là, pendant que je regarde tout ça, mon voisin arrive. Et c'est drôle parce qu'au lieu d'entrer et de jouer dans son carré de sable, il fait seulement tourner et tourner autour en disant des choses à voix basse que je comprends pas. Il a aussi une bizarre de lumière dans les yeux. Alors moi, j'aime pas ça et je retourne vite vite dans ma maison.

* * *

C'est encore plus tard parce que le soleil est en train de se coucher et que mon père s'est endormi devant la télévision. La première étoile est levée. Je me penche sous la haie de cèdres et je me retrouve dans la cour du voisin. Il y a personne. Ma licorne. Je veux ma licorne.

Dans le carré de sable, la forteresse est tout orange à cause du coucher du soleil. C'est beau, vraiment beau. Ça sent plus du tout le dépotoir. Ça sent bon. Des drôles d'épices. C'est comme ça que ça doit sentir dans le désert d'Arabie. Ma petite licorne est toujours là, devant l'entrée de la forteresse.

Puis là, tout à coup, je suis vraiment vraiment surpris. Ma licorne se met à bouger. Ma licorne se met à galoper, à galoper dans le sable.

Je m'approche.

Ma licorne est vivante! Elle galope pour vrai! Je vois sa queue qui flotte, ses muscles qui bougent en dessous de sa peau, sa crinière qui tombe et retombe sur son front, sa jolie corne dorée qui brille. Je l'entends même souffler dans les narines. C'est vrai, je le jure! Je savais qu'une licorne, c'était un peu magique, mais je croyais pas que c'était aussi magique que ça.

Je m'approche encore. Là, j'entends encore la grosse cloche loin dans le fond de ma tête qui me dit qu'il faut pas entrer dans le carré de sable.

Mais alors, la grande porte de la forteresse descend et ma licorne y rentre au galop. Elle disparaît et la porte se referme. Mais moi, je veux ma licorne. Je veux ma licorne, alors j'avance encore et je passe une jambe par-dessus les planches de bois. Et je mets un premier pied dans le sable.

La cloche sonne encore dans ma tête, mais c'est comme si c'était trop tard. Je passe mon autre jambe par-dessus les planches et je mets mon autre pied dans le sable. Ensuite, je commence à marcher vers la forteresse, mais là, c'est drôle, je sens que je renfonce un peu. C'est comme quand, des fois, il fait tellement chaud que l'asphalte fond si on reste trop longtemps dessus. D'habitude, j'aime ça et après je me libère et je reprends le chemin de la maison, mais là j'aime pas ça.

Ensuite, ma jambe d'en avant renfonce jusqu'à mon genou. J'essaie de la tirer, mais ça marche pas, alors je me penche vers l'arrière, mais là c'est mon autre jambe qui cale aussi. Je renfonce encore plus. Je commence à avoir peur et je me débats. Mais plus je me débats, plus je coule.

Là, je vois plus du tout mes jambes. Je tente d'attraper une des planches de bois pour me tirer de là, mais mon bras est trop court. Je coule encore. Alors je crie. Au secours au secours! que je crie. Mais personne m'entend. Personne. Mon père, non plus, il m'entend pas.

Je te promets d'être toujours là quand tu auras besoin de moi, qu'il dit mon père. Lui et ses promesses.

J'ai du sable au milieu du ventre à présent. Je peux plus bouger beaucoup. Je m'enfonce, je m'enfonce toujours. J'essaie encore d'attraper les planches de bois, mais on dirait qu'elles s'éloignent. Alors au secours au secours! que je crie.

La forteresse a disparu. Il n'y a que du sable. Du sable mouvant. Un carré de sable mouvant. Je coule encore.

J'en ai dans la bouche maintenant. C'est de plus en plus difficile de respirer. Là, je vois mon voisin qui arrive. Il sourit. Et il a toujours cette lumière bizarre dans les yeux. Il tient ma licorne dans sa main. Ma licorne qui n'est pas vivante du tout. Ma petite licorne en plastique jaune.

Ensuite ma tête disparaît sous le sable, puis je vois plus rien. Mais j'entends encore la voix de mon voisin.

Enfin, qu'il dit, tu viens jouer avec moi.

Après il rit un peu et là, il y a plein de sable qui entre dans mes poumons. C'est très très difficile de respirer. Puis là, j'entends le Moqueur chat, l'oiseau qui aime bien se moquer des gens.

Miaouri, qu'il fait, le Moqueur chat caché dans l'arbre.

* * *

Me revoilà, assis sur le perron.

Me revoilà à jouer avec ma petite licorne.

J'ai pas bougé. Je suis resté ici tout le temps. La maison d'à côté est toujours vide. Personne y a déménagé.

Mon père, il dit que j'ai trop d'imagination. Il dit que j'invente des histoires. Des histoires de voisins méchants qui sont même pas vraies. Mais j'y suis pour rien. C'est la licorne. C'est elle qui rêve de forteresses et de déserts. C'est elle qui rêve de galoper dans le sable. C'est elle qui invente toutes ces choses. Pas moi.

Une licorne c'est un peu magique, que je dis à mon père.

Ta licorne, ta licorne, qu'il me répond. Un beau jour, faudra bien que tu joues à autre chose, mon garçon. Un beau jour, je vais la faire disparaître, ta licorne.

Quand il dit ça mon père, je m'en fais pas. Y a pas de danger : il tient jamais ses promesses.

Je lève lentement la tête vers le ciel, tout bleu. Il y a un seul nuage. Loin, loin, vers là-bas. Un gros nuage en forme de licorne. Une licorne qui galope dans le vent.

GENTIL ROUDOUDOU

Je sais, je sais, ce n'était pas très prudent.

Acheter un animal de compagnie sur Internet; donner mon numéro de carte de crédit à une petite entreprise inconnue, NewPet Technology, basée quelque part dans le sud-est asiatique; me faire livrer directement à la maison la bestiole, en douce, au noir, sans autorisation des douaniers, sans quarantaine : j'aurais dû être plus précautionneux.

Mais Alexandre, mon jeune fils, avait insisté tellement.

Oui, j'aurais dû faire preuve de plus de prudence. Surtout parce qu'il s'agissait d'un animal transgénique, d'une sorte de croisement entre un petit chien et

un singe; une hybridation issue de manipulations génétiques.

Mais la bestiole était si charmante, et
mon fils insistait tellement.

Un roudoudou, il appelait ça.

Un gentil roudoudou, disait Alexandre.

La compagnie, qui me paraissait
sérieuse, affirmait qu'il n'y avait eu,
jusqu'à présent, aucun problème avec les
roudoudous déjà vendus – près d'une
centaine un peu partout dans le monde –,
et que les clients en étaient pleinement satisfaits. L'animal était attachant,
enjoué, très sociable; un compagnon de
jeu idéal.

On nous assurait aussi que, pour éviter
toute reproduction de cette espèce artifi-
cielle ou toute « contamination » des
populations naturelles, seuls des mâles
étaient mis en vente et que ceux-ci étaient
stériles.

Voilà qui m'avait rassuré.

Je ne voulais pas être responsable de
l'émergence d'une nouvelle espèce enva-
hissante. Loin de moi l'idée de mettre en
péril l'équilibre écologique d'une région

du monde, d'un continent ou pire, de toute la planète. Il y a toujours une part de risque quand on se met à jouer comme ça avec la nature. Mais je voulais tellement faire plaisir au petit.

Alexandre, unique enfant d'une relation qui a tourné au vinaigre, est un garçon distant et solitaire, qui supporte fort mal la garde partagée. Je cherchais, par tous les moyens, à lui rendre le sourire.

Depuis longtemps, il est admis que la zoothérapie donne d'excellents résultats avec les enfants.

Pas besoin de vous dire que le prix de la bestiole en question était affreusement élevé. Mais j'étais décidé, j'allais offrir un roudoudou à mon fils pour son septième anniversaire. Peu importe le prix.

NewPet Technology garantissait la livraison du roudoudou dans les trente jours suivant l'achat. Un mois à attendre, c'est tout de même très long pour un petit garçon.

* * *

Tel que promis, le roudoudou arriva un mois, jour pour jour, après que je l'eus commandé. On nous le livra par camion – un camion anonyme – dans une boîte de carton ciré; une boîte solide, trouée, mais scellée par des sangles de métal.

Le chauffeur me demanda de signer au bas d'une feuille, puis s'en retourna sans prononcer une seule autre parole.

Sans attendre, je posai la boîte sur le plancher du hall d'entrée et descendis au sous-sol chercher de quoi ouvrir l'emballage.

Alexandre était dans un état d'excitation extrême, et moi aussi, je dois le dire. Nous avions tout préparé pour faciliter l'acclimatation de l'animal. Nous avions aménagé un petit coin pour lui dans le garage, acheté une laisse, des bols pour sa nourriture et toutes sortes de babioles, petits jouets destinés à l'apprivoiser le plus rapidement possible. J'avais même décidé de prendre deux semaines de congé pour m'y consacrer pleinement.

En remontant du sous-sol, je constatai que le charme de la petite bête opérait déjà sur mon fils. Couché à plat ventre, Alexandre épiait le roudoudou par un des trous d'aération de la boîte en lui parlant doucement pour l'apaiser.

On entendait de petits couinements plaintifs à l'intérieur. Vite fait, je réussis à couper les sangles de métal et nous retirâmes le couvercle. Ce que nous vîmes alors nous combla de ravissement. C'était un animal tout à fait adorable, encore plus beau en chair et en os que sur les photos du site Internet de NewPet Technology.

Sa posture et son allure générale évoquaient davantage le singe que le chien : pelage soyeux couleur orange brûlée, longue queue préhensible, grosse tête ronde aux oreilles mobiles et proéminentes, énormes yeux larmoyants. Le roudoudou, qui se tenait debout sur ses pattes arrière, mesurait environ soixante centimètres de haut. Un toutou parfait.

Au dos du couvercle était attachée une enveloppe plastifiée à l'intérieur de laquelle se trouvait un court document sur les origines du roudoudou et la façon de s'en occuper pour le garder heureux et en santé. J'y lus que l'animal ayant servi de souche générique originale était un tarsier, petit primate originaire d'Indonésie.

On n'y précisait cependant pas les souches canines ayant servi au mélange des gènes. Mais, du moment que le roudoudou rendait mon fils joyeux, peu m'importait la recette exacte de fabrication de cette bestiole génétiquement modifiée.

Ce qui arriva par la suite m'obligea à reconnaître que j'aurais dû au contraire m'en préoccuper un peu plus.

* * *

Les premières journées passées en compagnie de notre roudoudou furent fort plaisantes. Inséparables, Alexandre et l'animal s'apprivoisaient mutuellement au fil de leurs jeux, leurs joyeux corps à corps, leurs poursuites interminables dans tous les recoins de la maison. J'éprouvais une joie immense à revoir mon fils sourire; mon fils de nouveau animé, la tête pleine de projets et d'idées. Durant ces premières heures, le roudoudou se montra curieux, docile, enjoué.

Puis la fin de la semaine arriva et mon fils partit chez sa mère. Comme il était hors de question qu'elle héberge le roudoudou – mon ex-femme déteste les animaux –, je me retrouvai donc seul avec la bestiole.

Durant le jour, tout alla bien : le roudoudou passait le plus clair de son temps à dormir dans un coin du garage. Mais la nuit, ce fut une tout autre histoire.

Je me rendis rapidement compte que l'animal avait des mœurs crépusculaires. Il aimait fouiner la nuit tombée dans toute la maison à la recherche d'araignées qu'il gobait tout rond.

Il montrait aussi une curieuse prédisposition pour l'écoute de la télévision, en particulier les émissions épicées plus ou moins pornographiques, diffusées la nuit sur les chaînes câblées. C'est ainsi qu'il passait des heures, seul au salon, dans le noir, assis devant le petit écran dont les reflets bleutés donnaient un air inquiétant, menaçant même, à sa silhouette vue de dos.

Puis vers la fin de la nuit, il se déplaçait vers la cuisine, s'y assoupissait sur le plancher, roulé en boule, en attendant le petit matin.

Au lendemain d'une de ses tournées nocturnes, j'entrai dans la cuisine pour me faire du café. Le roudoudou ouvrit les yeux et me regarda fixement. J'aurais juré qu'il me souriait. Je mis la machine en marche et me fis un cappuccino onctueux, tournant le dos à l'animal, un peu mal à l'aise devant son insistance à m'observer. En me retournant, sans doute un peu trop vivement, j'échappai un peu du contenu de ma tasse sur le plancher. Le roudoudou vint à mes pieds et lécha avidement la petite flaque de café et de mousse.

Il en grogna de plaisir.

Le roudoudou raffolait du cappuccino!

* * *

Au petit matin suivant, je m'aperçus que le roudoudou avait quitté la maison durant la nuit. Après avoir ouvert une des fenêtres du deuxième étage, il avait dû sauter sur l'une des branches du chêne près de la maison avant de se volatiliser dans le voisinage. Bon sang, la bestiole était en fugue!

Je me précipitai à l'extérieur et jetai un coup d'œil dans la rue. La banlieue était silencieuse. Puis le chien de mon voisin de gauche se mit à japper en m'entendant murmurer :

— Hé le roudoudou! Le roudoudou! Où te caches-tu?

Après avoir arpenté ma cour, puis celles de tous mes voisins, les rues et avenues des environs, je résolus de rentrer chez moi pour m'habiller – j'étais toujours en peignoir – et réfléchir à tête reposée sur la manière de retrouver l'animal au plus vite.

À mon grand étonnement, le roudoudou était assis sur le comptoir de la cuisine, devant la machine à café, à siroter un cappuccino. L'animal! Il avait réussi à se faire du café!

J'aurais dû, dès ce moment-là, l'enfermer à double tour dans le garage, mais il était tellement attachant, tellement amusant que je ne pus m'y résoudre.

Et puis mon fils revenant dans deux jours, j'aurais droit à toute une crise s'il apprenait que j'avais emprisonné ce cher roudoudou.

* * *

Les deux nuits suivantes, la bestiole s'échappa de nouveau.

La première nuit, m'éveillant vers trois heures du matin et regardant par la fenêtre dans la cour de mon voisin de gauche, je compris ce qui l'attirait tant à l'extérieur : le chien, ou plutôt la chienne du voisin.

Le roudoudou était en train de… enfin vous savez de quoi je veux parler… avec la chienne. Et avec vigueur s'il vous plaît. Et deux fois plutôt qu'une!

Le soir suivant, je l'enfermai dans le garage, mais – je ne sais trop comment – il réussit à en sortir et se retrouva encore une fois dans la cour du voisin.

Le roudoudou était lubrique, extraordinairement lubrique.

Il ne pensait qu'à ça.

* * *

Le lendemain, mon fils revint à la maison. En voyant le roudoudou boire, assis tranquillement sur le plancher de la cuisine, son deuxième cappuccino d'affilée, il s'exclama :

— Eh ben, ça alors!

Et il avait bien raison. Je me sentais progressivement perdre du terrain. Peu à peu, cette fichue bestiole avait pris le contrôle de la situation. Épuisé par des nuits sans sommeil, fatigué de me creuser les méninges pour tenter de stopper ses escapades nocturnes, je passais mes journées à déambuler, amorphe comme un zombie, dans toutes les pièces de la maison.

Ce même après-midi-là, alors qu'Alexandre faisait une sieste, je décidai de rendre une petite visite à mon voisin de droite, biologiste de profession.

Peut-être allait-il pouvoir m'aider, me conseiller pour mieux maîtriser l'animal? Comprenez-moi bien, je ne cherchais pas à me débarrasser de l'animal – pas encore du moins –, je ne voulais que corriger certains de ses comportements pour le moins dérangeants.

Mon voisin – qui était heureusement chez lui – fut fort étonné quand je lui montrai l'animal.

Il ouvrit la bouche du roudoudou et se mit sur-le-champ à lui compter les dents.

— Trente-quatre! fit-il. Trente-quatre dents! Hum… Un tarsier… Oui, c'est bien un tarsier. Enfin, un genre de tarsier… Comment avez-vous réussi à mettre la main sur un pareil spécimen?

— C'est-à-dire que…

— C'est fascinant! C'est la première fois que j'en vois un! Vous permettez? me demanda-t-il en le prenant dans ses bras pour l'observer de plus près.

— Les tarsiers sont des primates, poursuivit-il, à mi-chemin entre les lémurs et les singes anthropoïdes comme l'homme ou le chimpanzé… Par contre, celui-ci est... différent.

— Oui, il aime beaucoup les chiens.

— Les chiens? Comment ça, les chiens?

— Attendez que je vous explique…

* * *

Ma conversation avec le voisin fit naître en moi une inquiétude croissante. C'est tout à fait normal que cet animal soit porté sur la chose, avait dit le biologiste.

La force des sociétés primates est basée sur l'attraction sexuelle permanente, avait-il ajouté. De tous les mammifères, les primates mâles sont les plus lubriques et les plus agressifs. Ils ne cherchent qu'à se reproduire.

Et il avait bien raison.

Quelques semaines plus tard, je constatai que la chienne du voisin était gestante.

* * *

Ma première réaction fut de refuser d'y croire.

Pour deux raisons. D'abord, parce que NewPet Technology avait garanti la stérilité absolue du roudoudou.

Ensuite, parce qu'il me semblait que cette grossesse était excessivement – et anormalement – rapide.

Bien sûr, dans le domaine des manipulations génétiques, on ne peut présumer de rien, mais tout cela me semblait transgresser un trop grand nombre de règles naturelles. Pourtant, après deux autres semaines de doute, il fallut bien me rendre à l'évidence : la chienne du voisin allait accoucher.

Son ventre grossissait presque à vue d'œil.

Et le voisin – le propriétaire de la chienne – commençait à s'inquiéter lui aussi.

Oui, la pauvre créature allait accoucher de quelque chose. Mais de quoi? Chien ou roudoudou?

Le roudoudou, lui, faisait comme si de rien n'était. Dormant tout le jour, asservissant nuit après nuit sa conquête canine, il revenait au petit matin s'enfiler un cappuccino avant de se rendormir et de refaire ses forces en vue de la nuit à venir.

Les derniers temps, je n'avais plus le courage de tenter de le restreindre au garage ou à la maison. J'avais tout essayé, tout tenté. Mais rien n'y faisait. L'animal réussissait toujours – presque par magie – à se faufiler dehors. Et comme j'avais recommencé à travailler, comme les dossiers s'étaient empilés sur mon bureau durant mes vacances, il me fallait dormir la nuit.

De plus, naïvement, je croyais que les allées et venues du roudoudou se limitaient à la cour de mon voisin de gauche.

Comme le mal était déjà fait, que pouvait-il advenir d'autre?

* * *

Un soir, environ une semaine plus tard, à quelques pâtés de maisons de chez moi, alors que je rentrais du travail en voiture, je vis un autre de mes voisins marcher avec sa chienne en laisse.

Une autre chienne gestante!

Je commençai alors à m'inquiéter.

Est-ce que toutes les chiennes du voisinage étaient gestantes? Après avoir passé le week-end suivant à parcourir mon quartier, à espionner les cours, afin de m'enquérir auprès de tous les propriétaires de femelles de l'état de leur animal, force m'était d'admettre que oui.

Cette saloperie de roudoudou semait à tous vents, passait ses gènes à tout ce qui bougeait dans un périmètre d'un kilomètre autour de lui. Cette saloperie de roudoudou engrossait toutes les femelles de son territoire, peu importe la race.

Gentil roudoudou.

C'est alors que je décidai de m'en débarrasser. Il fallait agir au plus vite. J'avais déjà beaucoup trop attendu.

Profitant d'une semaine où mon fils Alexandre était chez sa mère, je tentai ma chance auprès de la Société protectrice des animaux qui refusa de prendre ce curieux animal en pension. On m'y suggéra toutefois, considérant le caractère singulier de la bête, de m'adresser à l'université. C'était une excellente idée : on allait pouvoir étudier davantage cette bestiole transgénique. Je me sentais si coupable, le moins que je puisse faire, c'était de contribuer à stopper la propagation de l'espèce. J'imaginais déjà le boom de population : des roudoudous partout, se multipliant à la vitesse des lapins, colonisant les banlieues, les campagnes, les bois…

Fort intrigués par la bête, les techniciens de la faculté de biologie acceptèrent tout de suite de prendre l'animal.

Quel soulagement!

Il me faudrait toutefois expliquer à mon fils les raisons de la disparition de son roudoudou. Hum, comment allais-je m'y prendre?

Sur le chemin du retour, je me promis aussi d'informer sans délai les gens de NewPet Technology pour leur raconter mon expérience avec leur bestiole prétendument stérile.

N'y avait-il pas des moyens fiables pour s'assurer de la stérilité de tels animaux? Il fallait que les responsables de la compagnie stoppent immédiatement toute nouvelle vente. Le risque était trop grand que les roudoudous se dispersent aux quatre coins de la planète de façon massive et en un rien de temps.

J'en étais là dans mes pensées lorsque, arrivant chez moi, j'aperçus mes deux voisins, celui de droite, celui de gauche; le biologiste et le propriétaire de la chienne engrossée par le roudoudou, jouant sur le trottoir avec un tout petit animal à fourrure orange.

Un petit animal affublé d'immenses oreilles ridicules et de grands yeux larmoyants.

Je sentis mon estomac se nouer.

La chienne du voisin avait mis bas! Elle avait mis bas un autre damné roudoudou en tous points semblables à son père biologique!

Il était trop tard.

Trop tard.

À en juger par l'expression de ravissement, d'émerveillement de mes deux voisins, j'avais la certitude absolue que les roudoudous allaient conquérir la planète en un rien de temps. Car le roudoudou juvénile était encore plus adorable, plus attachant, que le roudoudou adulte.

En plus de posséder la stratégie de reproduction la plus efficace du règne animal, l'espèce pouvait ainsi compter sur l'admiration béate, naïve, d'une espèce censée lui être supérieure…

Qu'avais-je fait! Qu'avais-je fait!

Ne me restait plus qu'à rentrer chez moi, qu'à m'enfermer dans la maison et qu'à m'enfiler un cappuccino, pendant qu'il y en avait encore.

Mon père mourut à 78 ans, dans une chambre d'hôpital bleu de mer, au petit jour, par un froid matin de janvier.

Il souffrait d'insuffisance respiratoire depuis plusieurs années. Après quelques semaines de douleurs intenses, à bout de souffle, il s'en était enfin allé, tout doucement. C'était mieux ainsi.

Je l'avais veillé toute la nuit. À demi conscient, il respirait machinalement, mécaniquement. Et bien que chaque respiration lui demandât un effort de plus en plus colossal – et que chaque expiration fût délivrance – il s'entêtait, s'accrochait à son souffle comme à une bouée de sauvetage, même si plus rien ne pouvait désormais le ramener. Plusieurs de ses organes avaient déjà cessé de fonctionner; son foie, ses reins, son intestin, de larges sections de son cerveau. Il ne mangeait plus, ne pouvait plus rien boire.

Et moi, qui étais resté à son chevet durant ces longues heures, je respirais aussi difficilement que lui.

Vers quatre heures trente, sa respiration était si laborieuse que j'en vins à souhaiter qu'il abandonne, qu'il se laisse aller, pour qu'il soit délivré de ce supplice.

Mon père, qui avait grandi modestement, loin de la ville, adorait la forêt. Il y avait passé la plus grande partie de son enfance et avait récolté – pour faire sa part et subvenir aux besoins d'une famille nombreuse – tous ses fruits : pêchant en juin la truite dans les petits ruisseaux; cueillant en août framboises et bleuets; attrapant dès novembre lièvres et perdrix au collet. Je me mis alors à évoquer à voix haute une forêt, puis à y décrire un petit sentier envoûtant qui s'enfonçait sous des pruches anciennes, immenses, et d'où, par-delà une petite butte, semblait venir une belle et apaisante lumière blanche. Je l'invitai à remonter le sentier et à entrer dans la lumière.

Mais sa respiration restait régulière, machinale, mécanique.

Je me mis ensuite à détailler tous les animaux rencontrés dans le sentier : des cerfs, des lièvres, des renards, des passereaux colorés qui trottaient, sautillaient, gambadaient, voletaient vers la petite butte, en se retournant de temps à autre pour voir si mon père les suivait.

Sa respiration demeurait machinale, mécanique.

Je lui racontai qu'une grosse chouette aux yeux jaunes était venue se percher sur une branche basse, tout près de la butte, et qu'elle s'était mise à ululer à son intention.

Je vis, ou cru voir, un très léger sourire se former sur les lèvres de mon père. Les pauses entre respiration et expiration se firent plus longues.

Je lui dépeignis comment la grosse chouette le fixait puis comment, après un long moment, elle tourna sa tête à 180 degrés, comme seuls les hiboux et les chouettes peuvent le faire, pour regarder en direction de la lumière. Enfin, je lui décrivis comment elle se retourna vers lui une dernière fois avant de s'envoler par-delà la petite butte.

À six heures cinquante, mon père fit une très longue expiration, libératrice, et n'inspira plus. Il reposait, paisible comme je l'avais rarement vu ces dernières années.

* * *

Des années plus tard, je vis une chouette, semblable à celle que j'avais décrite à mon père, dans des circonstances particulières.

Par un après-midi de juillet, traversant une intersection achalandée près d'un des grands squares du centre-ville, je fus frappé de plein fouet par une voiture dont le conducteur, aveuglé par le soleil, avait brûlé le feu rouge.

Encore conscient tandis que je gisais sur le ventre, le visage de côté, face au square, je vis, perchée dans un érable, une grosse chouette aux yeux jaunes qui me fixait intensément. Puis un voile tomba sur mes yeux. Je fis dans les minutes qui suivirent un arrêt cardiaque.

On réussit néanmoins à me réanimer et je passai une longue convalescence, ressassant l'incident, m'interrogeant encore et encore sur la présence insolite de cet oiseau en ville.

Pour en avoir le cœur net, je contactai le frère d'un de mes amis, ornithologue chevronné. D'après ma description, il n'eut guère d'hésitation. C'était une chouette lapone, un gros rapace nocturne qui, d'ordinaire, fréquente la forêt boréale, tout au nord. Il doutait de la véracité de mon récit; selon lui, il était très improbable d'apercevoir cette espèce en milieu urbain, surtout l'été. Il arrivait, m'expliqua-t-il, que des chouettes lapones fassent des incursions au sud, près des villes, mais seulement l'hiver, quand leur nourriture – des souris et des campagnols – venait à manquer. Voir cette espèce-là en plein été, dans un parc urbain, était inexplicable.

* * *

Dix-sept ans passèrent sans qu'aucune chouette ne croise mon chemin. Enfin, très tôt un matin de mai, tandis que je roulais sur une petite route de campagne où se succédaient champs en friches et bois matures, j'aperçus du coin de l'œil, à la lisière d'une forêt, une grosse boule perchée dans un arbre. Une chouette lapone.

Je ralentis, fis marche arrière, garai mon automobile sur l'accotement et descendis du véhicule pour mieux l'observer. Elle demeurait immobile, me regardant fixement sans remuer une seule plume. D'une mare d'eau toute proche, j'entendais claironner les matinales rainettes.

J'enjambai la vieille clôture de bois qui délimitait le champ et m'avançai vers l'oiseau, m'attendant, à chaque nouveau pas, à ce qu'elle s'envole. Mais non, elle restait impassible, me dévisageant toujours de ses gros yeux jaunes.

Alors que je me trouvais à seulement quelques mètres d'elle, elle décida enfin de prendre son envol et disparut sous le couvert de la forêt. Je ne pouvais rien faire d'autre que la suivre.

Un petit sentier invitant s'enfonçait dans les bois. Je remarquai qu'il y avait, au fur et à mesure de mon avancée, de plus en plus de pruches, et que celles-ci étaient de plus en plus énormes, de plus en plus anciennes. La scène m'était cruellement familière : c'était celle que j'avais décrite à mon père le matin de sa mort.

J'arrivai vite à la petite butte, au-delà de laquelle brillait cette belle et apaisante lumière blanche.

La grosse chouette, qui était perchée sur une branche basse, tout près de la butte, se mit à ululer à mon intention. Elle tourna ensuite sa tête à 180 degrés en direction de la lumière, puis se retourna vers moi avant de s'envoler par-delà la petite butte. Que pouvais-je y faire? Rien du tout. La chouette m'attendait; mon heure était arrivée. Il me fallait entrer dans la lumière.

Après tout, j'avais eu un sursis de dix-sept ans. Ce n'était pas si mal. Et puis j'allais peut-être retrouver papa de l'autre côté de la butte.

À PROPOS DES INFORMATIONS SCIENTIFIQUES PRÉSENTÉES DANS QUELQUES-UNES DE CES HISTOIRES

Dans *Conguar à vous*, vraie l'affirmation relative à la présence de couguars au Saguenay-Lac-Saint-Jean et dans la Réserve faunique des Laurentides. Des tests d'ADN effectués en 2004 à l'Université de Montréal sur des échantillons de poils et de chair provenant de ces deux régions ont confirmé que le couguar était toujours présent au Québec. Jusqu'à ce jour, plusieurs scientifiques estimaient que le dernier couguar de l'Est avait été abattu en 1938 par un chasseur, près de la frontière du Maine.

Dans *Lueurs dans la nuit*, vraie la possibilité d'avoir recours à des insectes pisteurs badigeonnés d'un gel contenant des levures transgéniques qui deviennent fluorescentes lorsque mises en présence de substances toxiques. Actuellement, les levures en question détectent le bacille du choléra, mais les chercheurs travaillent sur la détection d'autres substances qui pourraient être utilisées en cas d'actes terroristes ou criminels (anthrax, explosifs, etc.). Le lecteur qui souhaiterait en savoir davantage sur le sujet peut consulter l'édition de mars 2004 de la revue *Popular Science*.

Dans *Les monstres du lac*, vraie l'existence d'observations du monstre du lac Champlain remontant au XIXe siècle. Toutefois, aucune preuve formelle n'a permis jusqu'à maintenant de confirmer hors de tout doute sa présence dans le lac.

Dans *Qui vole un œuf*, vraie l'existence de mentions historiques rapportant des observations de grand pingouin dans l'archipel des Îles-de-la-Madeleine. Il est plausible, selon plusieurs sources, que l'espèce ait niché dans le secteur du rocher aux Oiseaux.

Dans *Gentil roudoudou*, vraie l'existence d'un petit primate originaire d'Indonésie nommé tarsier; fausse la possibilité d'acheter des animaux transgéniques domestiques sur Internet (mais pour combien de temps encore?).

Dans *Psychopompe*, vraie la perception symbolique chez plusieurs civilisations orientales, celtiques ou précolombiennes des deux Amériques, relativement au fait que les hiboux et les chouettes sont des messagers de la mort, des animaux psychopompes. (Psychopompe : Adjectif et nom commun. Se dit de ceux qui conduisent ou accompagnent les âmes des morts dans leur passage de la vie à la mort.) Vraie également l'affirmation selon laquelle les chouettes lapones font des invasions à la périphérie des villes, l'hiver (selon des cycles de quatre ans environ), quand leur nourriture – des petits mammifères, dont bon nombre de souris et de campagnols – vient à manquer.

TABLE DES MATIÈRES